Un mot de l'autrice

Vous tenez entre les mains un livre qui s'inspire de l'histoire sans la raconter tout à fait : rien n'y est complètement vrai, mais il y a peu de choses fausses… Comme Alexandre Dumas, l'auteur du *Vicomte de Bragelonne*, j'ai arrangé un peu l'histoire à ma sauce, pour vous offrir un roman de cape et de plumes, où vous croiserez grand nombre de personnes qui ont réellement existé et vécu à Vaux-le-Vicomte ou aux Rochers. Peut-être ne se sont-elles jamais croisées, peut-être que rien n'est vrai… Si vous prenez goût à l'histoire, alors vous pourrez vérifier !

Chapitre premier

— Tu as peur, avoue !

— Non, c'est juste que…

— Allez, c'est simplement un jeu !

— Moi, j'ai peur…

Tiphaine est franc, toujours. Ce n'est pas comme cette geignarde de Fanchon, sans cesse la première à parler mais trouillarde comme pas deux quand il faut agir.

— … mais je vais le faire quand même.

— D'accord, dit Manon, alors on y va.

— Et moi ? Personne me demande mon avis, râle Charles.

— Parce que tu es toujours d'accord avec Tiphaine, de toute façon.

Le petit garçon se renfrogne. Pourtant, c'est vrai : Manon sait qu'il admire tellement le garçon de ferme que celui-ci pourrait en profiter pour lui faire faire n'importe quoi. Mais Tiphaine est honnête. Il est gentil, il est droit, il est beau aussi. Ses cheveux coupés court ont dégagé son front, qu'il a large ; ses yeux ont la couleur des marrons d'automne, et sa carrure commence à être celle d'un homme. Manon le connaît depuis toute petite, elle l'a vu grandir, mûrir. Elle l'aime beaucoup. Mais c'est un garçon de ferme. Il ne sait pas lire, il n'a pas beaucoup de culture, et, surtout, sa mère ferait une crise d'apoplexie si elle savait que ses enfants chéris passent leur temps à jouer avec lui. Passe encore Fanchon, c'est une soubrette, certes, mais elle a toujours vécu dans la maison, elle est la sœur de lait de Manon, elles ont bu toutes les deux au sein de la nourrice, la mère de Fanchon. Mme de Sévigné semble trouver naturel que sa fille joue avec elle, après tout elles ont grandi ensemble. Mais Tiphaine… La mère de Manon le trouve rustre ; comme son père, comme son grand frère, qui travaillent à l'entretien du domaine et les fournissent en lait, en œufs et en légumes. Manon aimait beaucoup la mère de Tiphaine, une femme douce et tiède, un verre de lait tout juste trait. Mais la vie à la ferme a épuisé cette pauvre femme, et elle est morte de fatigue plus que de la mauvaise fièvre qu'elle avait attrapée. Mme de Sévigné a offert la messe pour l'enterrement. Ça se fait quand on est la maîtresse du domaine. Mais elle n'a pas rendu visite à la famille ensuite, sans doute parce qu'elle n'avait pas envie de se salir les souliers et la robe dans la cour de la ferme, à côté du château. Manon y est allée en revanche, traînant Charles avec elle. Ils se sont fait gronder ensuite, parce qu'ils étaient crottés. Elle se rappelle encore l'émotion qui l'a envahie quand Tiphaine a pleuré, sans honte, devant elle. Elle l'aime vraiment beaucoup.

— Bon allez, qu'est-ce qu'on attend ? Desserre ma robe, Fanchon.

Elle a les yeux qui brillent, la soubrette, en quittant sa propre robe. Elle a toujours rêvé de mettre une des tenues de mademoiselle. Et celle-là, surtout, la bleue de nuit, sombre et lumineuse à la fois, parce qu'elle est en velours et que les éclats du soleil semblent danser sur le tissu. Elle quitte prestement son habit rugueux et beigeasse, ses sabots. Elle garde sa chemise de dessous, elle ne va quand même pas se mettre nue devant les jeunes maîtres ?

Charles est déjà presque dévêtu, il a ôté son pantalon de satin crème, sa chemise, sa veste assortie, et il rigole, en caleçon long et en chemise de corps, au milieu des champs, dans cet été qui n'en finit pas. Sa grande sœur a des idées vraiment folles, mais drôlement amusantes ! Manon fait glisser sa robe et se retrouve elle aussi en chemise et jupon. Elle a la peau toute blanche, de la couleur des assiettes de porcelaine du château ; à côté,

Fanchon ressemble à une écuelle en bois. Quand elle enfile la robe de celle-ci, elle ne peut s'empêcher de plisser le nez... Quelle odeur ! Comment la jeune fille fait-elle pour vivre ainsi sans jamais se parfumer ? La robe sent la sueur aigre et le moisi. Manon aide Fanchon à nouer sa robe :

— Aïe, vous me faites mal, mademoiselle !

— Il faut bien serrer, c'est comme ça que l'on a une belle taille.

— Mais je ne peux plus respirer ! Ha ! fait la soubrette, en se vidant les poumons.

— Cesse de faire ta mijaurée, tu voulais me ressembler, eh ben voilà ! Tu me comprendras mieux la prochaine fois que tu m'habilleras.

— Et ces chaussures, comment je vais pouvoir courir avec vos souliers ? Ils sont trop fins, je vais tomber !

Pendant que Fanchon râle et pigne, Tiphaine enlève sa chemise de toile, il n'a rien en dessous. Quand il baisse son pantalon, Manon sait qu'elle devrait détourner le regard. Ce n'est pas comme si elle n'avait pas déjà vu Charles nu. Mais ce n'est pas la même chose, elle est bien plus gênée de le voir lui, ainsi, que son petit frère... Tiphaine ne doit pas se sentir très à l'aise non plus, car il se dépêche d'enfiler le pantalon de satin et la chemise. Il ne se plaint pas, pourtant il doit être bien serré, car

Charles est rond et gras alors que Tiphaine est mince et sec et qu'il mesure bien une demi-tête de plus que son maître. Enfin, ils sont tous habillés. Ils se regardent, étonnés et rieurs.

— Monsieur, dit Manon en saluant Tiphaine avec une petite révérence, que voulez-vous que nous fassions ?

— Ooh, on se croirait à Carnaval ! s'écrie Charles, ravi. Je suis un paysan ! Je suis un paysan !

— Et moi, une demoiselle, Fanchon de… Fanchon des Rochers !

— Mademoiselle Fanchon des Rochers, prenez mon bras, nous allons nous promener, affirme Tiphaine singeant les manières du vieux baron qui leur a rendu visite la semaine passée.

— Oh oui, s'exclame Manon, allons voir si on nous confond ! Qui pourrait-on essayer de tromper ?

— Le vieux Mathurin ! Il n'y voit pas grand-chose, il ne devrait pas nous reconnaître, propose Tiphaine.

Tous les quatre sortent alors du recoin dans lequel ils s'étaient cachés, à l'écart du château, dans un champ du père de Tiphaine entouré de buissons. Personne ne risquait de les y trouver, la moisson a été faite et madame est occupée dans les jardins, de l'autre côté. Ils se dirigent en riant vers la chaumière du vieux Mathurin, un homme ombrageux qui s'occupait auparavant des chevaux, mais dont la vue a tant baissé qu'il ne peut plus faire grand-chose. Il tresse des paniers et sculpte des assiettes en bois devant sa petite maison. Les maîtres du jour marchent fièrement devant, tandis que la soubrette et le garçon de ferme les suivent en marquant un respect exagéré :

— Attention, mademoiselle, vous allez vous salir !

— Ne marchez pas dans la crotte, monsieur ! Voulez-vous que je vous aide à passer cette flaque de boue ?

Ils trouvent Mathurin assis sur un petit tabouret au milieu des copeaux, il lève le nez en les entendant pépier :

— Que venez-vous faire là ? Madame sait-elle que vous vous promenez si loin des jardins ? s'enquiert-il en s'adressant à Fanchon qu'il prend pour Manon.

— Oui, oui, elle nous a autorisés à venir vous voir.

— Et toi, Tiphaine, t'as pas autre chose à faire qu'à te balader ? poursuit le vieil homme en se tournant vers Charles qui essaie vainement de se retenir de rire. Tu te moques de moi ? Vilain garçon, je vas le dire à ton père, si j'le vois !

— Pardon, pardon, s'exclame Charles en étouffant son fou rire.

— Bien, allons-y, intervient Tiphaine, sentant que la situation pourrait dégénérer.

Repartant à vive allure, ils se mettent même à courir tous les quatre en débouchant sur le chemin qui les ramène vers le château.

— Le premier au grand chêne, s'écrie Tiphaine, on se changera là-bas !

— Attendez ! C'est pas facile avec des sabots ! proteste Charles.

— Tu crois pas que c'est dur avec tes souliers à talons ? rétorque Tiphaine.

S'élançant avec vivacité, Manon dépasse les garçons et Fanchon en riant :

— Si vous ne faites que vous plaindre, c'est moi qui vais gagner !

Elle file à toute allure, libérée dans cette tenue qui sent mauvais, mais qui la laisse respirer, et elle est heureuse de courir en sabots. Ils lui mordent les pieds, ses chevilles cognent contre le bois à chaque pas, mais elle se sent légère. Elle entend Charles qui pigne parce qu'ils ne l'attendent pas et Fanchon qui souffle en poussant des petits cris. Tiphaine la talonne, puis arrive à côté d'elle, il lui prend la main, et ils courent le long du chemin, évitant les racines et les trous en sautant. Quand ils arrivent près du grand chêne, ils écrasent les premiers glands tombés, cela craque sous les pieds, Tiphaine lâche sa main pour la dépasser, elle est essoufflée, elle va toucher le tronc en premier quand un grand cri l'arrête soudain. Elle se retourne vivement et Tiphaine lui fonce dedans : Fanchon est tombée, elle pleure.

— Je me suis tordu la cheville ! Aïe ! Aïe, pleure la soubrette.

Ils se précipitent vers elle, mais un autre cri les surprend.

— Françoise ! Ma fille ! Que se passe-t-il ? s'exclame madame, affolée, à l'autre bout de l'allée.

Mme de Sévigné s'avance vers eux, l'air catatrophé. Elle n'en perd pas sa raideur habituelle : Manon ne l'a jamais vue courir ! Elle est avec les ouvriers du jardin, la jeune fille avait complètement oublié qu'elle devait superviser la création de la nouvelle allée de chênes qui mène au château. Sa mère pense que c'est elle qui est tombée ! Interdite, Manon ne sait que faire, Charles se cache derrière un arbre, Fanchon pleure et crie en se tenant la cheville, le soulier à côté d'elle, le talon cassé. Madame s'approche et s'aperçoit soudain de sa méprise :

— Mais qu'est-ce que c'est que ça ? Fanchon, que fais-tu vêtue de la robe de Françoise ?

— Madame..., balbutie la soubrette, toute rouge. C'est elle, c'est Manon qui a voulu.

— Cesse de l'appeler par ce stupide surnom, elle s'appelle Françoise. Et relève-toi.

— J'peux pas, madame, j'ai trop mal...

— Françoise ! Expliquez-moi cela, tout de suite ! Charles, où es-tu ? Que fait le garçon de ferme avec tes habits ? Mais vous êtes tous devenus fous !

Françoise, que les gens des Rochers appellent Manon depuis la petite enfance, s'apprête à s'excuser d'avoir mis sa sœur de lait en si mauvaise posture, mais elle se rend compte soudain que sa mère n'a aucune pitié pour la pauvre Fanchon, qu'elle n'est pas fâchée parce qu'elle a cru que c'était elle qui était tombée, mais parce qu'ils ont échangé les vêtements. Ce qui la choque est de voir ses enfants dans des habits de serviteurs ! Son sang ne fait qu'un tour et elle prend la parole, avec un air de défi.

— C'est moi, oui, qui ai eu cette idée. Je pensais qu'il serait drôle de nous déguiser ainsi.

— Regarde-toi, tu es ridicule ! Et les bras dénudés, toute rouge ! Tu auras pris le soleil ainsi, tu vas devenir brune comme une paysanne !

Quand sa mère se met à la tutoyer, c'est signe qu'elle se laisse porter par l'émotion... et là, c'est plutôt mauvais signe pour elle. Les ennuis ne font que commencer.

—Je suis désolée, ma mère; je les y ai poussés, ils ne voulaient pas et… je les ai menacés!

—Mais ce n'est pas vr…, proteste Tiphaine, toujours loyal.

—Tais-toi! Tout est ma faute, je l'affirme, n'essaie pas de dire le contraire! assène la jeune fille.

—Mais… Manon!

—Et ne m'appelle plus comme ça! Je suis Françoise de Sévigné, je n'aurais pas dû proposer ce jeu ridicule, et on ne m'y reprendra plus.

—À la bonne heure, jeune fille, vous vous rendez compte de la stupidité de cette mascarade. Allez vous rhabiller au plus vite et décrassez-vous, vous empestez. Vous serez punis, tous les quatre!

—Non, s'il vous plaît, ma mère! s'écrie Françoise. Fanchon est blessée par ma faute, Tiphaine n'a fait qu'obéir et Charles est trop petit. Je suis la seule responsable.

Mme de Sévigné hésite, elle est étonnée de voir sa fille s'affirmer ainsi, elle qui évite d'habitude la confrontation. Sa colère s'éteint, laissant place à une sorte de fierté de la voir si sûre d'elle.

Mlle de Sévigné

— Soit… eh bien, vous serez seule punie. Tiphaine, aide Fanchon à se relever et dépêchez-vous de réparer vos idioties.

— Merci, madame, répondent le jeune homme et la soubrette.

Mme de Sévigné leur tourne le dos et s'éloigne avec dédain, dans un froufroutement de sa robe. Françoise jette un coup d'œil aux autres. Personne n'ose souffler mot, seule Fanchon pleurniche doucement. Charles et Tiphaine l'aident à marcher vers les cuisines, et Françoise se dirige, seule, vers sa chambre, pour se changer. Elle se sent plus grande, soudain. Plus adulte.

Chapitre 2

Pfff, que ce texte est long..., pense Françoise en jetant un œil par la fenêtre. Charles joue dans les allées, avec un filet à papillons. Il court après un beau spécimen dont les ailes sont toutes noires. Il semble ravi tandis que sa sœur peine à recopier les *Remarques sur la langue française* de Vaugelas[1]... Au lieu de profiter des derniers beaux jours de septembre, la jeune fille doit copier des pages de ces fichus conseils « pour bien écrire et bien parler ». Punie pour une semaine, elle se retrouve à passer tous ses après-midi à son secrétaire et à apprendre toutes ces règles de grammaire ennuyeuses. Pendant ce temps, Charles s'amuse... Et encore, il trouve le moyen de se plaindre le soir à table parce qu'il est seul.

1. Vaugelas, un spécialiste de la grammaire, a écrit cet ouvrage pour définir le bon usage du français en s'inspirant de la langue parlée à la cour du roi : avant le XVIIe siècle, tout le monde parlait un peu comme il voulait, ce sont les auteurs comme Vaugelas qui ont inventé les règles de grammaire.

Les deux premiers jours, Mme de Sévigné était toujours aussi fâchée et n'a pas eu un mot doux, pas une caresse pour Françoise. Et jeudi, Françoise a été d'autant plus honteuse quand l'abbé de Coulanges est venu souper : c'est le grand-oncle de la jeune fille, il a pour ainsi dire élevé sa mère quand elle s'est trouvée orpheline. Il est doux, on l'appelle le « bien bon » ; Mme de Sévigné lui raconte toujours les anecdotes de la vie aux Rochers, et la mascarade n'a pas échappé à la règle. Tournant les événements en comédie, sa mère a fait un tel tableau de la scène que l'abbé riait aux éclats, et la bonne humeur de son oncle a effacé ce pli de colère qui marquait le front de Madame. L'abbé lui a conseillé d'écrire tout cela à Mme de La Fayette pour l'amuser à son tour, et ils ont rédigé la lettre ensemble, sous les yeux médusés de Françoise qui ne trouvait pas cela si drôle, elle qui avait passé sa journée à gratter le papier ! D'autant que, malgré ce que sa mère lui avait promis, Tiphaine a été puni aussi ; il doit enlever toutes les pierres de la future allée de chênes. Françoise est triste et s'en veut, d'autant qu'elle ne peut pas sortir pour aller le lui dire. Elle est coincée ici depuis cinq jours à copier, copier, encore copier ! « *Ce dit-il, ce dit-on* : on dit tous les jours l'un et l'autre en parlant, mais on ne le doit point dire en écrivant, que dans le style bas.

Il suffit de *dit-il*, *dit-on*, sans *ce*, et c'est ainsi qu'il s'en faut servir par parenthèse, quand on introduit quelqu'un qui parle. »

— Ma fille, vous soufflez si fort que je peine à me concentrer !

— Pardon, ma mère, je suis navrée.

— Concentrez-vous et finissez cette page avant le dîner.

— Est-ce que je peux vous poser une question ?

— Oui, bien sûr.

— M. de Vaugelas explique dans son introduction que l'on n'acquiert le bon usage qu'en fréquentant la cour et…

— Vous vous demandez quand je vous ferai entrer dans le monde, c'est cela ?

— Oui, souffle Françoise, peu confiante.

— Eh bien, si l'on excepte l'idée folle que vous avez eue cette semaine, vous me semblez assez raisonnable pour que je l'envisage pour vos quatorze ans.

— Oh !

Françoise ne peut s'empêcher ce petit cri : elle aura quatorze ans dans quinze jours.

— Bien sûr, cela suppose que nous rentrions plus tôt à Paris… Vous commencerez par venir avec moi dans les salons, et, lorsque vous serez un peu dégourdie, nous vous présenterons au Louvre. Il vous faut cependant apprendre à écrire et à parler bien mieux que vous ne le faites, lire encore bien des ouvrages et danser à la perfection.

— Oh, ma mère, je vais faire de mon mieux !

— Je n'en attends pas moins de vous. Je vous ferai coudre de nouvelles robes aussi, vous ne pouvez pas vous présenter habillée ainsi. Vous me remercierez de vous avoir enfermée, votre teint sera d'un blanc éclatant, vous n'aurez même pas besoin de poudre.

— Vous… vous me trouvez belle ? hasarde Françoise.

— Eh bien oui, mais ne vous enorgueillissez pas trop, un beau visage n'est rien sans un bel esprit, sauf à vouloir passer pour une cruche vide ! Je n'ai pas envie que l'on se moque de vous, je n'ai pas passé tout ce temps à vous éduquer moi-même pour que vous me ridiculisiez en public. Continuez donc à apprendre les règles de Vaugelas, et, si tout cela est bien fait, je vous confierai une lecture qui devrait vous plaire. Il vous faut l'avoir lue pour causer avec mes amis dans les salons. *L'Astrée* nous a tous inspirés ! Surtout Mlle de Scudéry, chez qui nous irons sans doute cet hiver.

Françoise n'en revient pas, cette saison va être pleine de bonheurs et de plaisirs nouveaux ! Et... la cour ? Elle va enfin entrer dans le monde ! Peut-être que... peut-être iront-elles dans ce merveilleux château que le surintendant des Finances[1] fait construire à grands frais ? Il paraît qu'il sera plus beau que le Louvre ! Et M. Fouquet, alors ! On le dit beau, séducteur... Françoise a entendu si souvent sa mère en parler avec ses amis qu'elle brûle de le voir en vrai.

— Nous pourrons voir M. Fouquet ?

Sa question est sortie toute seule, elle n'a pas su la retenir !

— Quoi, s'étonne sa mère en rougissant soudain, pourquoi M. Fouquet ?

— Euh... je..., hésite soudain Françoise, sentant qu'elle a gêné sa mère. Je vous ai entendue parler de lui avec M. l'abbé...

— Ne bafouillez pas, je ne comprends rien !

---

1. Issu d'une lignée de parlementaires fortunés, Nicolas Fouquet est intelligent, audacieux et fidèle à la royauté, d'où une ascension sociale très rapide : sa générosité, parfois calculée, et son caractère galant contribuent à sa réussite et entraînent l'adhésion. À l'image de l'écureuil, emblème de sa famille, et de sa devise : *Quo non ascendet* (« jusqu'où ne montera-t-il pas ? »), il s'élève jusqu'à être nommé surintendant des Finances en 1653 par le Premier ministre, le cardinal Mazarin. (Source : site de Vaux-le-Vicomte http://www.vaux-le-vicomte.com.)

— C'est que… j'aimerais voir Vaux-le-Vicomte, vous m'avez dit que MM. Le Nôtre et Le Brun ont conçu une merveille.

— Ah oui, je suppose que nous serons invitées au printemps. Mais concentrez-vous sur votre travail ou je vous rajoute encore des pages à copier.

Françoise se demande bien pourquoi sa mère est si troublée en entendant le nom de Fouquet. Mais, comme elle n'a pas du tout envie de copier encore plus de pages, elle se penche sur sa feuille en laissant ses interrogations de côté. Elle aura bien le temps d'y repenser. Quand l'après-midi s'achève, elle a le poignet engourdi et une grosse envie de courir partout. Elle se précipite aux cuisines pour voir Fanchon. Celle-ci est assise à côté de la cheminée, le pied sur un tabouret, et elle épluche une montagne de carottes et de patates.

— Ah, mademoiselle ! C'est gentil de venir voir Fanchon, mais j'suis pas bien sûre qu'elle le mérite ! s'exclame la mère de la jeune fille en la voyant.

— Mais pourquoi, ma bonne Jeanne ? Elle n'a rien fait, tout est ma faute !

— Tu es bien brave, mais elle devrait s'tenir à sa place au lieu d'aller jouer dans les champs avec vous autres, c'est parce qu'elle préfère s'amuser qu'elle en est là…

— Maman, s'il te plaît…

— Quoi ? Tu veux pas que je dise c'que j'pense ?

— Non, pas devant mademoiselle !

— Bah, comme si on avait des secrets pour sa sœur de lait, bécasse ! T'es déjà bien chanceuse qu'elle ait pris la punition sur elle !

— Et moi, alors, j'suis pas punie avec c'te jambe qui m'fait souffrir et tout c'que tu m'donnes à faire quand même ?

— Tu ne peux plus trotter dans les étages alors faut bien que tu te rendes utile !

Françoise observe cet échange sans rien dire, elle sait que Jeanne n'est pas commode avec Fanchon, et elle ne tient pas à subir sa colère. Elle a déjà assez de celle de sa mère. Jeanne l'a toujours gâtée, elle l'appelle encore :

— Mon p'tit poussin, viens donc prendre un verre de jus de pomme, on vient juste de les presser !

Françoise goûte le jus, et un grand sourire illumine alors son visage : il est délicieux, elle sent le miel et le soleil d'été dans chaque gorgée.

— C'est bon, hein ! Tu trouveras pas ça à Paris ! Quelle pitié de partir si vite !

— Ma mère te l'a déjà dit ? Je croyais que j'avais été la première à le savoir !

— Mais, ma pauvre chatte, c'est prévu depuis deux semaines déjà ! Tu crois pas qu'on remballe tout en deux jours, quand même ! Après quatre mois ici, on en a du bazar à ranger !

— Oh, d'accord…

— Et avec l'autre qui peut plus bouger, je vais en avoir des lieues à faire dans les couloirs !

Françoise se dépêche de finir son verre et de filer avant que Jeanne ne se remette à râler sur sa fille. Elle reviendra voir Fanchon plus tard, quand la nourrice ne sera plus dans les parages. Elle s'apprête à sortir pour essayer de voir Tiphaine, mais la cloche du repas sonne déjà. C'est encore raté pour aujourd'hui ! Elle est agacée à l'idée que sa mère ait attendu si longtemps pour lui annoncer son entrée dans le monde. En fait, elle avait déjà dû décider de cela avant l'été !

À table, sa mère lui annonce qu'elle va pouvoir laisser Vaugelas et ses règles de grammaire de côté pour aider Jeanne à plier le linge.

— Ainsi, vous verrez tout ce que nous avons, vous allez superviser le remplissage des valises avec moi pour apprendre ; le jour où vous serez mariée, il vous faudra savoir tout cela.

— Quand est-ce que Françoise va se marier ? demande Charles, tout à trac.

La jeune fille retient son souffle. Peut-être que cela aussi est déjà décidé sans qu'elle en sache rien ?

— Cela ne vous regarde pas, Charles, mais je peux vous dire que pour l'heure votre sœur est trop jeune, elle doit tout d'abord faire son entrée dans le monde.

— Et moi, alors ?

— Mon fils, nous envisagerons cela dans deux ou trois ans, quand vous serez assez mûr pour ne pas arriver à table avec les ongles en deuil, par exemple.

Charles cache rapidement ses doigts sous la table, mais Françoise a eu le temps de voir que ses ongles sont en effet noirs de crasse. Elle éprouve une satisfaction honteuse à ne plus être l'unique objet de déception de sa mère, non pas qu'elle aime voir son frère se faire réprimander, mais en se disant qu'elle va échapper à la colère de sa mère. Celle-ci est d'habitude bien plus douce avec elle, et la jeune fille se sent triste. Pourquoi est-elle aussi fâchée ? C'est bien la première fois. Est-ce que c'est la peur qu'elle a eue ? Ou plutôt… le fait qu'elle se soit déguisée en soubrette ? La question lui brûle les lèvres :

— Mère… je…

— Oui ?

— Je me demandais si vous étiez encore fâchée contre moi ?

Mme de Sévigné regarde sa fille avec un léger étonnement :

— Eh bien, je le suis de moins en moins quand je vous vois vous tenir bien.

— Est-ce que… est-ce le fait que nous avons échangé les vêtements qui vous a tant déplu ?

— Oui. Je ne vous donne pas l'éducation d'une jeune fille de qualité pour que vous vous déguisiez ainsi. Je ne comprends pas pourquoi vous avez eu ce désir de vous vêtir en servante.

— Ce n'était qu'un jeu !

— Pour vous, oui, mais pour Fanchon et Tiphaine ? Croyez-vous que vous nous rendiez service à tous en laissant croire que l'on peut prendre notre place ? Vous leur mettez en tête des idées qui ne sont pas convenables.

— Mais ils ne sont pas si…

— Si quoi ? Fanchon aimerait être comme vous, et je ne veux pas qu'elle s'imagine que c'est possible en se parant de votre robe. Qui vous dit qu'elle ne va pas se croire votre égale ? Elle est déjà au-dessus de sa condition avec cette habitude de sa mère de rappeler sans cesse que vous êtes sœurs de lait. Vous n'avez rien de deux sœurs, elle est vulgaire, assez idiote et elle n'est même pas jolie.

— Vous êtes cruelle…

Mme de Sévigné

— Non, je suis réaliste, répond Mme de Sévigné en fronçant les sourcils avec contrariété, j'essaie de faire au mieux pour mes gens, et leur faire croire qu'ils peuvent prendre notre place, même le temps d'un jeu, cela est bien plus cruel, car ce ne sera jamais le cas.

Françoise se renfrogne, touchée par le reproche. Elle n'avait pas imaginé tout cela et, même si elle le comprend, elle ne peut s'empêcher d'être gênée par l'idée que Tiphaine lui soit inférieur. Pour Fanchon, pas de doute, sa mère a hélas bien raison. Mais Tiphaine… Il est droit et honnête, intelligent et beau : dans les vêtements de Charles, il avait quelque chose de noble, même. Voyant le visage fermé de sa fille, Mme de Sévigné se méprend sur ses sentiments :

— Ma fille, je sais que vous aimez beaucoup Fanchon, j'espère que vous avez compris la leçon et, pour ne pas alourdir votre peine, je vous autorise à aller la voir demain matin, au lieu de faire votre punition. Et l'après-midi vous m'aiderez à préparer le départ. Cela vous console-t-il ?

— Oui, répond Françoise vivement, merci beaucoup.

— Bien, finissons ce repas et couchons-nous tôt, nous avons du travail, demain !

Chapitre 3

Françoise se réveille d'excellente humeur. Aujourd'hui, pas de punition ! Elle se dépêche de se préparer, aidée par Mariette, la femme de chambre de sa mère, qui remplace Fanchon toujours incapable de marcher à cause de sa cheville tordue. Mariette est une femme un peu triste, dont la voix traîne autant que les gestes, et Françoise piaffe d'impatience.

— Oh là, mademoiselle, calmez-vous, je n'arrive pas à mettre votre coiffe !

— C'est que j'ai la permission de sortir ce matin !

— Et qu'allez-vous donc faire ? Madame n'est pas levée, et Charles ronfle encore !

— Hi hi, quel gros paresseux celui-là ! s'amuse Françoise en évitant de répondre.

Une fois prête, la jeune fille dévale les escaliers tandis que la femme de chambre lui crie :

— Mademoiselle ! Et votre déjeuner ?

— Je le prendrai à la cuisine, Mariette, ne t'en fais pas !

Et c'est en effet si agréable de manger sur la grande table de chêne râpée et marquée de coups de couteau que Françoise préfère cent fois les petits déjeuners à la cuisine du château ! Jeanne lui sert un bol de lait chaud, sucré et des tartines beurrées. Le beurre est si frais que des petites gouttes d'eau affleurent dessus, comme des perles de rosée.

— Tu veux pas de miel ? Le père Mathurin l'a ramassé hier dans les ruches du côté de la mare.

— Du miel ! Hummm, bien sûr que j'en veux !

— Ça fait plaisir de te voir avec un si bel appétit. C'est que tu grandis, mademoiselle. Ça se voit à ton corsage qu'est plus que plein et à tes hanches, tu deviens une vraie femme.

Françoise rougit. C'est vrai qu'elle a maintenant une vraie poitrine et que ses robes de petite fille la serrent. Mais elle n'aime pas trop qu'on en parle à voix haute… Jeanne a vraiment le don de mettre les pieds dans le plat.

— Tu viens voir Fanchon ? dit la femme bavarde en s'asseyant en face de Françoise. Elle est avec le médecin. Ta mère l'a fait venir parce que sa cheville est toujours rouge et grosse comme si elle avait un melon à la place.

— Tu crois que c'est cassé ? demande Françoise avec anxiété.

— Non, mademoiselle, intervient le médecin qui entre dans la pièce. C'est une vilaine entorse. J'ai fait une saignée pour évacuer le mauvais sang, et elle se repose. Mais je pense qu'elle ne sera pas sur pied avant deux ou trois semaines.

— Aïe, aïe, aïe ! Et le départ pour Paris qui est la semaine prochaine !

— Pas question qu'elle fasse trois jours de voyage ainsi.

— Ah, malheur ! Je vais voir madame.

— Je vous suis, dit le médecin, sans doute pour demander ses honoraires.

Françoise se dit que sa mère prend vraiment soin de son personnel, elle les fait soigner, les nourrit bien et leur prête toujours une oreille attentive. Mais elle ne s'abaisse jamais à leur niveau, leur marquant, malgré sa gentillesse, un mépris avec lequel elle semble née. Charles sera pareil, Françoise le sent bien. Quant à elle... Avalant en vitesse la fin de son bol de lait, la jeune fille se dépêche de sortir dans la cour tandis que personne ne la regarde. Et elle se précipite vers la ferme du père de Tiphaine.

— Vous arrivez trop tard, mademoiselle ; il est déjà en train de dépierrer le chemin depuis potron-minet ! lui dit Maël, le grand frère de Tiphaine, quand elle arrive, essoufflée.

— Ah bon ? Bien, j'y retourne alors...

— Mademoiselle, euh… s'il vous plaît…, comment va Fanchon ?

— Elle a une belle entorse ! Le médecin vient de passer. Elle ne pourra pas revenir avec nous à Paris.

— C'est vrai ? s'exclame alors le jeune homme avec bonheur.

Françoise est tout étonnée, mais elle comprend vite à son air béat que Maël en pince pour la soubrette. Si elle n'était pas si pressée de voir Tiphaine, elle se dépêcherait d'aller en avertir la pauvre fille afin de lui redonner le sourire ! Elle ira ensuite. Pour l'heure, la voilà repartie à fond de train vers l'allée de chênes. Arrivée sur place, pas de Tiphaine ! *Zut alors, où est-il passé, ce furet ?!* Françoise tape du pied, quand elle entend du bruit un peu plus loin. Elle s'approche… Il est là, juste au milieu de la cour des échos. C'est un endroit étrange : lorsque l'on se place au beau milieu, entre le mur en demi-cercle et le jardin, tout ce que l'on dit fait écho. Tiphaine est là, à parler seul…

— Manon ! Manon, Manon, Manon !

— Tiphaine ?

Le garçon se retourne d'un bond, affolé comme un lapin.

— Tu m'as appelée ?

— Non… oui ! Oui, je vous ai entendue.

— Tu es sûr ?

Françoise n'en revient pas, lui qui ne ment jamais; le voilà qui essaie de lui faire croire n'importe quoi. Pourquoi répétait-il son surnom, ainsi?

— Qu'est-ce que vous faites là? Vous n'êtes plus punie?

— Non, je peux enfin sortir et... je voulais te voir depuis le début de la semaine!

— Pourquoi?

— Pour m'excuser: tu as été puni aussi, je pensais que je t'épargnerais ça.

— Vous êtes trop bonne, mademoiselle, mais je me doutais bien que je n'échapperais pas à une bonne trempe et à une punition!

— Ton père t'a frappé! s'exclame Françoise, effarée.

— Ne vous inquiétez pas, mademoiselle, il ne tape pas fort. Et je savais à quoi je m'exposais en acceptant de jouer avec vous.

— Je me sens encore plus coupable...

— Il ne faut pas, j'ai dit oui, vous ne m'avez pas forcé.

Tiphaine la regarde si intensément que Françoise n'ose pas le contredire.

— Manon...

— Ne m'appelle plus comme ça, s'il te plaît.

— Pour moi, vous serez toujours Manon, même si vous changez et que vous devenez une demoiselle.

— Je n'en suis pas déjà une ? s'exclame Françoise, vexée.

— Si, pour les autres. Mais pour moi, vous êtes… vous êtes Manon.

Interdite, la jeune fille ne sait plus que dire d'autant que Tiphaine prend sa main et l'entraîne jusqu'au centre.

— Manon, je t'aime…

« T'aime, t'aime » fait l'écho tandis que Tiphaine s'enfuit laissant son secret révélé aux murs et Françoise décontenancée. Il l'aime. Comme… comme un amoureux ? Elle est perdue, et c'est ce qu'elle dit aux murs, à son tour.

— Perdue…

« due… due… »

— Mais qu'avez-vous, Françoise ? Vous avez l'air ailleurs ?

— Hein ? Ah… euh… oui.

— Vous avez compté les draps ?

— Il y en a… Non, je dois recompter.

— Concentrez-vous, tout doit être en malle demain au plus tard.

— J'ai mal à la tête…

— C'est cette poussière, vous irez dehors quand vous aurez fini : j'ai besoin de lavande pour le linge, vous demanderez à Jeanne un récipient. Ce soir, nous découperons un vieux drap et nous broderons quelques sachets, cela nous occupera.

Françoise a en effet bien du mal à se concentrer, ses pensées tournent sans cesse du côté de la fenêtre, d'où elle voit Tiphaine en train de dépierrer le chemin. Elle aimerait aller lui parler sans savoir quoi lui dire. Et elle part dans deux jours ! Quand le reverra-t-elle ? Au printemps seulement ? Cela l'arrange aussi parce qu'elle ne voit pas du tout ce que ce sentiment qu'il lui a avoué peut bien lui apporter : jamais elle ne pourra y répondre, elle n'est pas une fille de ferme et, de toute façon, elle n'a que quatorze ans ! Que s'imagine-t-il ? Décidément, sa mère avait bien raison de la mettre en garde, ce jeu stupide a donné au jeune homme des idées qui n'ont aucun sens ! Elle finit par réussir à compter les draps et à les ranger dans la malle. Puis elle va chercher une jatte pour ramasser la lavande, ajuste bien sa coiffe pour que le soleil n'abîme pas sa belle peau blanche. Elle a un léger hâle, malgré les soins de sa mère et les mises en garde répétées de Jeanne. Le parfum entêtant de la fleur lui monte vite à la tête, et, au lieu d'améliorer son état, cette activité lui donne une vraie migraine.

— Je crois que je vais devoir m'allonger, Jeanne, lui dit Françoise en lui remettant la jatte pleine.

— Je vais t'écraser quelques noix pour te soulager, mademoiselle.

— Merci beaucoup, Jeanne.

L'ombre de sa chambre, déjà vidée de ses vêtements, apaise la tête de la jeune fille, mais non son cœur. Sa mère passe la voir, lui passe une main sur le front avec douceur :

— Ma belle fille, je ne sais pas si broder est une bonne idée. Voulez-vous que je vous fasse monter un bouillon ?

Françoise est tout émue de sa gentillesse et elle décide alors de lui faire plaisir aussi.

— Non, ma mère, je vais descendre broder avec vous, vous me parlerez de la cour, et cela me redonnera le sourire !

— Bien, alors allons-y, Jeanne nous a préparé un délicieux repas. Elle croit que nous allons très mal manger à Paris puisqu'elle ne sera pas là pour régner sur la cuisine.

— Elle reste là ?

— Oui, Fanchon a besoin d'elle, et elle passera donc l'hiver aux Rochers.

— Cela va me sembler étrange de ne pas l'avoir.

— Oui, mais nous allons aussi pouvoir voyager dans le calme !

Mère et fille éclatent de rire : Jeanne a terriblement peur en voiture et elle passe son temps à gémir que les chevaux vont trop vite, que la voiture va basculer ou des brigands les attaquer... C'est drôle, les premières heures, mais, après deux jours de voyage, tout le monde a envie de l'étriper. Pour une fois, le voyage sera paisible !

Les deux jours qui suivent passent à toute vitesse : le rangement s'accélère, il ne reste bientôt plus rien dans les armoires. Mme de Sévigné n'est pas assez fortunée pour laisser derrière elle tout son linge et son argenterie ; les dettes que son mari lui a laissées lui rendent la vie difficile, et elle ne peut pas se permettre de perdre son trousseau de jeune fille par manque de soin. Les hivers sont si humides en Bretagne : à Paris, au moins, il fera chaud. Certes, la vie y est bien plus chère, surtout la location de leur hôtel particulier dans le Marais, mais elle ne peut quand même pas s'enterrer plus de six mois de l'année aux Rochers pour économiser ! Pour parfaire l'éducation de Françoise, elles doivent fréquenter les salons de la capitale. C'est donc une voiture bourrée à craquer et une charrette qui prennent la route le dimanche pour rejoindre Paris. L'absence de Fanchon et de Jeanne permet d'emporter des paniers supplémentaires, remplis d'œufs, de légumes et de fruits du domaine : pendant quelques jours encore, la famille profitera des bons produits des Rochers, avant de s'en remettre aux maraîchers de la capitale, qui vendent leurs marchandises à prix d'or. Françoise sait que sa mère n'est pas aussi riche que d'autres de leurs voisins, mais elle a de beaux bijoux et elle ne fait jamais mauvaise mine lorsqu'il faut faire confectionner des vêtements à ses enfants. L'apparence, toujours l'apparence !

Avant le départ, Fanchon clopine jusqu'à la chambre de Françoise :

— Vous partez, mademoiselle, sans moi… Que cela me rend triste !

— Tu dis cela, coquine, mais je ne te crois pas !

— Et pourquoi vous mentirais-je ?

— N'y a-t-il pas un beau jeune homme pour te consoler ?

— Euh…

— Allez, cachottière, je sais tout ! C'est Maël !

— Oh, mademoiselle, s'exclame soudain Fanchon, affolée, ne dites rien à ma mère ! Ne dites rien surtout !

— Que veux-tu que je lui dise ?

— C'est que… Vous savez tout, vous dites ?

Françoise sent bien qu'elle n'a pas tout deviné, en fait… Il faut la jouer fine.

— Tout. Et je ne suis pas très contente que tu ne m'aies rien dit !

— C'est que, mademoiselle, on ne parle pas de ces choses-là devant une demoiselle !

— De ces choses-là ? Oh, Fanchon !

— Quoi ? Il est si beau…

— Il t'a embrassée ?

— Ah, vous ne le saviez pas ! Vous m'avez piégée !

— Mais… tu vas te marier avec lui ?

— Juste pour un baiser ? Ah non, sûrement pas ! J'espère bien épouser un valet à Paris, pas un garçon de ferme en Bretagne !

— Mais alors… tu as perdu ton honneur avec un homme qui ne sera pas ton mari ? s'offusque Françoise, en rougissant.

— Mon honneur ? Pour un câlin ? Comme vous y allez. Nous ne sommes pas comme vous autres, mademoiselle, nous essayons la marchandise avant de l'acheter !

— Oh !

Françoise est si gênée de la liberté de parole de sa soubrette qu'elle la renvoie en cuisine, non sans l'avoir embrassée avant, peinée qu'elle est à l'idée de passer l'hiver sans elle. Elle est si confuse qu'elle n'a plus eu envie de lui parler de Tiphaine. Fanchon n'est pas bien maligne, mais elle est sa confidente habituelle et, surtout, elle lui apprend tout ce qu'on doit savoir quand on est une fille. Sans Fanchon, Françoise aurait été paniquée la première fois qu'elle a eu ses règles. Sa mère ne lui avait rien dit à ce propos. Heureusement, la soubrette avait tout pris en main, lui apportant des linges et lui expliquant dans son langage simple de quoi il retournait. Pour autant, savoir qu'elle se laisse embrasser par Maël la gêne effroyablement. C'est encore un peu mystérieux pour elle ce qui se passe entre les hommes et les femmes même si elle a compris ce que font les adultes dans un lit, grâce à Fanchon. Bref, elle sait bien comment on fait les bébés, mais elle ne se représente pas vraiment les détails. Et elle sent que la soubrette ne lui a pas tout dit sur son histoire avec Maël. Se pourrait-il qu'elle ait fait *cette chose-là* ? Elle chasse cette pensée de son esprit, car elle a une autre source d'inquiétude : Tiphaine est introuvable. Le reverra-t-elle avant le départ ?

Chapitre 4

— Madame ? Tout est prêt, nous pouvons y aller, annonce le cocher.

— Parfait. Charles, Françoise, en voiture.

Charles se précipite dans la voiture pour avoir ce qu'il estime être la meilleure place, près de la fenêtre dans le sens de la marche, afin de voir ce qui se passe au-dehors et les voitures qu'ils croiseront, mais pas du côté de la porte, car il veut dormir sans être dérangé lors des pauses. Françoise traîne, elle. Tiphaine n'est pas là, elle n'a pas eu le courage d'aller jusqu'à la ferme. Elle monte dans la voiture quand, soudain, le voilà qui arrive en courant, rouge comme une pivoine. Il porte un panier de noix, de châtaignes et de noisettes.

— C'est pour vous, mademoiselle, pour emporter un petit souvenir ! lui dit-il en lui passant le panier par la fenêtre.

— Oh, que c'est gentil à toi, Tiphaine ! intervient Mme de Sévigné, mais nous n'avons presque plus de place !

— Ce n'est pas grave, mère ; je vais les prendre sur les genoux !

— Pendant tout le voyage ? s'étonne sa mère.

— Oh, nous aurons vite vidé le panier du déjeuner, je les mettrai dedans !

— Et vous garderez le panier, mademoiselle, ajoute Tiphaine, c'est moi qui l'ai fait.

Françoise rougit de plaisir, Mme de Sévigné hausse un sourcil, et Charles essaie de chiper une noix. Sa sœur lui donne une tape sur la main, il se met à pleurnicher, et le moment de bonheur est déjà passé. Tiphaine se dandine devant la fenêtre de la voiture sans savoir que dire tandis que le cocher fouette les chevaux qui piaffent et démarrent aussitôt.

— Au revoir ! Au revoir, Tiphaine, à bientôt !

Françoise s'en veut aussitôt de ses paroles banales. Mais que dire alors que sa mère et son frère sont là ? Tant pis, six mois, ce n'est pas si long… Aussitôt pensée, cette idiotie contrarie la jeune fille. Six mois, cela va être effroyablement long…

— Françoise, ce garçon se comporte étrangement, non ?

— Je… je ne sais pas !

— Hum, vous aussi. Faites attention : ce qui était toléré quand vous étiez des enfants ne l'est plus maintenant que vous êtes une jeune fille et lui un jeune homme, d'autant qu'il n'est pas de notre condition. Mais passons sur cela, j'ai un cadeau pour vous : voici l'ouvrage dont je vous ai parlé. Vous devez l'avoir lu avant d'entrer dans un quelconque salon, sans quoi vous passerez pour une idiote. C'est une merveille, et il y est justement question de bergers comme ce jeune fermier : *L'Astrée* d'Honoré d'Urfé est un monument, une merveille dont je pense qu'il sera encore lu par tous les gens de bonne compagnie dans cinq cents ans !

— Merci, ma mère, répond Françoise en recevant le bel ouvrage de ses mains.

— Vous avez de longues heures devant vous pour en profiter, n'hésitez pas à me donner votre avis, je vais vous apprendre ainsi à faire la conversation.

— Et moi, mère ? s'impatiente Charles.

— Je n'aime pas que vous réclamiez... mais voici aussi un cadeau un peu spécial pour vous : M. de La Fontaine m'a fait parvenir quelques pages. Il n'arrive pas à finir son grand poème destiné à... (Mme de Sévigné hésite.) Fouquet, *Le Songe de Vaux*, et il a commis des petites fables sur lesquelles il me demande un avis. Votre point de vue m'intéresse : lisez-les et dites-moi ce que vous en pensez.

Charles est ravi, Françoise aussi, et leur mère les regarde avec amour et fierté. Elle a décidé de les élever elle-même, de ne pas les envoyer dans une école parisienne du quartier de la Sorbonne. Certes, ils auraient rencontré des gens de leur âge, mais ils en auraient pris aussi les mauvaises manières. Et, avec l'aide de ses amis et de son fidèle cousin, Bussy-Rabutin, les enfants ne manquent de rien en termes de savoir-vivre et de culture. Des maîtres viennent leur apprendre ce qu'elle-même ne peut enseigner, mais cela se borne à la danse et à la musique, Marie-Chantal de Sévigné étant elle-même trilingue et fort savante, bien plus que la plupart des femmes de la cour. Seules les précieuses, ce groupe de dames cultivées et indépendantes dont elle fait partie, ont autant de connaissances à leur époque. Sa plus grande amie est Mme de La Fayette, chez qui elle compte emmener sa fille pour sa première sortie officielle en salon. Plus tard, si elle se montre vive et aimable, elles iront ensemble chez Madeleine de Scudéry, la plus précieuse des précieuses, l'autrice de *Clélie*, une femme déterminée et d'une intelligence rare. Mais gare à elle, car les imbéciles y sont tournés en ridicule de façon si fine que tous rient, même le niais, sans qu'il comprenne qu'on se moque de lui. Par la suite, il n'est jamais réinvité… Mme de Sévigné va faire de son mieux pour que cette humiliation soit épargnée à sa fille ! Quitte à la houspiller, à la bousculer, et à la gronder s'il le faut !

Le voyage se passe sereinement, les enfants lisent, jouent, se disputent. Françoise a de plus en plus de mal à supporter les enfantillages de son petit frère, et celui-ci ne comprend pas ce changement d'attitude. Il la taquine, l'agace pour retrouver sa compagne d'enfance, mais Françoise préfère rêvasser ou discuter de ses robes avec sa mère ; décidément, quelle bêtise d'être un adulte !

Ils arrivent à Paris fort tard, et Françoise apprécie que la femme de chambre ait pensé à chauffer son lit avec un moine[1]. Elle s'y glisse rapidement et s'endort aussitôt. Demain, à la première heure, son maître de danse sera là, et il est hors de question de paraître avec la mine chiffonnée... Il est si beau ! Si élégant ! Maître Rameau lui donne des cours depuis deux ans, et elle apprécie bien plus la danse depuis... Avant, c'était une vieille femme toute sèche qui lui enseignait aussi le maintien et l'étiquette. Ces règles sont absurdes et ennuyeuses. Mais pour paraître à la cour il lui faudra les réviser. Elle se demande si cela est aussi strict dans

1. Le moine est constitué de deux arceaux en bois entre lesquels est suspendue une petite casserole remplie de braises : la chaleur se répand ainsi dans tout le lit sans brûler les draps. C'est l'ancêtre de la couverture chauffante.

les salons ? Dès le lendemain matin, elle interroge sa mère à ce sujet :

— Mère, dois-je respecter l'étiquette chez Mme de La Fayette ?

— Oh non, mais il y a d'autres règles, je vous les apprendrai. La première est de considérer les liens entre amis selon les principes de la tendresse.

— Qu'entendez-vous par là, mère ?

— Pour bien définir la tendresse, je pense pouvoir dire que c'est une certaine sensibilité de cœur, qui ne se trouve presque jamais qu'en des personnes qui ont l'âme noble, la vertu et l'esprit bien tourné, et qui fait que, lorsqu'elles ont de l'amitié, elles l'ont sincère, et ardente, et qu'elles sentent si vivement toutes les douleurs et toutes les joies de ceux qu'elles aiment qu'elles ne sentent pas tant les leurs propres.

— C'est-à-dire que l'on prend soin de ses amis et qu'on les fait passer avant soi, c'est cela ?

— Oui, c'est cette tendresse qui nous oblige d'aimer mieux être avec nos amis malheureux, que d'être en un lieu de divertissement ; c'est elle qui fait rendre les grands services avec joie, qui fait qu'on ne néglige pas les petits soins, qui rend les conversations particulières plus douces que les générales, qui entretient la confiance, qui fait qu'on s'apaise aisément, quand il arrive quelque petit désordre entre deux amis, qui unit toutes leurs volontés, et qui fait enfin toute la douceur et toute la perfection de l'amitié[1].

Françoise ne comprend pas tout, mais elle se promet de poser d'autres questions tant sa mère a l'air heureuse de son intérêt. Elles finissent leur petit déjeuner tandis que Charles court se préparer pour son propre cours de maintien. Lui a encore droit aux chevrotements de la vieille bique et il s'en plaint vivement ensuite : ce qu'il préfère, ce sont les imitations qu'en fait Françoise.

— Tu es vraiment douée pour la comédie ! lui dit-il souvent.

Ce don n'est cependant pas très apprécié chez une jeune fille de la noblesse : les comédiens sont le plus souvent des vagabonds, qui courent les routes pour se présenter dans les villages ou à la foire. Il paraît cependant que le jeune roi apprécie beaucoup les spectacles de Molière, un dramaturge qui se produit aussi chez Fouquet... Décidément, Françoise a vraiment hâte d'aller y faire un tour, dans ce château de Vaux-le-Vicomte !

En attendant son maître à danser dans le grand salon, dont les domestiques ont poussé les meubles pour leur laisser de la place, la jeune fille observe le

1. Tout ce passage reprend à quelques mots près la définition de la tendresse donnée par Mlle de Scudéry.

grand portrait de son père qui trône en belle place sur le mur central. Elle reconnaît son frère dans ses traits, il lui ressemble tant ! Mais elle... elle n'a rien de lui ! Ni son nez, ni ses yeux, ni sa bouche, rien... On lui dit souvent qu'elle est le portrait craché de sa mère. Et cela lui va bien, car qu'a-t-elle à faire de ce père mort avant même de l'avoir connue ? Elle s'en souvient à peine, il partait sans cesse pour faire la guerre... ou la fête. Elle n'avait que cinq ans quand il est mort dans un duel, il se battait pour une autre femme que sa mère, c'est Fanchon qui le lui a dit. Une maîtresse... Peut-être sa mère a-t-elle eu elle aussi un amant ? Ce mort à qui Françoise ressemble si peu n'est peut-être pas son père... Mais alors qui serait-ce ?

— Mademoiselle, permettez-moi de vous troubler dans votre rêverie !

— Oh, monsieur Rameau, excusez-moi !

— Mais de quoi, ma chère ? Vous êtes charmante, ainsi songeuse ! ajoute le maître à danser, un peu cabotin. C'est votre père que vous contemplez ainsi ?

— Oui.

— Vous ne lui ressemblez pas, vous avez la grâce d'un écureuil quand lui me fait plutôt penser à un loir !

— Oh, monsieur Rameau !

— Excusez mon impertinence, j'ai décidément bien des choses à me faire pardonner : voulez-vous commencer par votre danse préférée pour oublier mes bévues ?

— Une sarabande alors !

— Allons-y !

Ils s'élancent, sans musique, juste la mesure battue par M. Rameau. Au début, Françoise est hésitante, elle n'a pas dansé de l'été : elle retrouve très vite le rythme, les pas, s'applique à faire des gestes gracieux jusqu'au bout des doigts.

— Souriez, mademoiselle, toujours le sourire !

Concentrée comme elle l'est, elle plaque un sourire un peu forcé sur son visage et poursuit.

— C'est très bien, presque parfait, vous avez un don !

Lorsque la leçon s'achève, Françoise est en nage mais heureuse : quand elle danse avec un homme aussi beau, se laissant porter par ses mouvements, elle ne pense plus aux Rochers, à Tiphaine. Sa mère l'attend pour choisir les étoffes de ses nouvelles robes. Mme de La Fayette est là, aussitôt accourue quand elle a su que son amie était de retour.

— Ah, la charmante jeune fille ! Vous avez les joues roses, ma chère, vous avez bien dansé ? lui demande la belle femme.

Elle est ronde de visage, avec le nez un peu fort, que de grands yeux vifs éclipsent cependant. Encore un peu grasse suite à ses deux grossesses, elle n'est jamais accompagnée de son mari, qui vit retiré en province : cela lui laisse toute liberté pour mener une vie parisienne pleine de couleurs et de rencontres, dans les salons, à la cour. Elle écrit aussi.

— Alors vous allez venir dans mon salon, mademoiselle ?

— Oui, si vous m'en trouvez digne…

— Tout à fait, chère enfant ! Nous causerons littérature, sans doute : avez-vous lu *Les Origines de la langue française* de notre ami Ménage ? Il devrait être des nôtres, et vous pourrez briller si vous lui en dites un mot.

— Pas encore. Je viens de finir *L'Astrée*.

— Fort bonne lecture, je vous ferai porter mon exemplaire du livre de Ménage.

— Oh, j'en ai un, intervient Mme de Sévigné, je vais le lui faire lire.

— Si votre goût me semble sûr, je vous ferai peut-être lire un court texte que j'écris actuellement.

— Quel grand honneur, chère amie !

— Bien, mais nous n'étions pas là pour cela, si ? Où est votre drapier ? s'impatiente soudain Mme de La Fayette, visiblement gênée par la trop grande sollicitude de son amie.

Françoise aussi trouve que sa mère exagère souvent…

— Il nous attend au petit salon.

Chapitre 5

Toutes trois se dirigent vers cette pièce, qui n'est pas si « petite », pour découvrir un arc-en-ciel soyeux et froufroutant : Françoise est émerveillée.

— Bien, nous allons commencer par vous faire faire quatre robes : il en faut deux pour les soirées et deux autres pour les sorties de jour, annonce sa mère.

— Quatre robes ! Oh merci, merci, ma bonne maman !

— Ne m'appelez pas ainsi, vous n'avez plus cinq ans ! la rabroue Mme de Sévigné, gênée à son tour devant son amie.

Elle adore qu'on voie que sa fille l'aime, mais toujours avec distinction !

Françoise n'en a cure, elle s'approche des tissus, les caresse du doigt, touche les brassières en satin qu'on met sous le corsage, les bas bleus, verts, rouges, les calessons[1] en damas et surtout

1. Ancien nom des caleçons : à l'époque, il s'agissait de culottes longues, des leggings bouffants.

les satins, velours et taffetas, qui servent à faire les robes. Le satin est lisse et doux, le velours chaud et moelleux, le damas chatoyant, avec de beaux dessins de fleurs et de fruits.

— Nous pourrions aussi vous faire une robe-manteau doublée de fourrure, il paraît que l'hiver sera froid, dit Mme de Sévigné.

— Ah tiens, s'intéresse Mme de La Fayette, ce sont vos gens qui vous l'ont dit en Bretagne ?

— Oui, c'est une année à glands, et il semble que ce soit le signe d'un grand froid.

— Mère, que pensez-vous de ce satin ?

— Je le trouve trop vif, il vous faut des pastels pour souligner votre jeunesse. Déjà, vous n'aurez plus de tablier sur votre robe, et un décolleté, alors n'en rajoutons pas avec une couleur criarde !

Françoise repose, un peu déçue, le beau rouge carmin qu'elle avait trouvé et cherche du vert amande, du bleu ciel et du rose dragée. Elle est cependant si heureuse à l'idée de ne plus porter son tablier de petite fille par-dessus sa jupe qu'elle oublie vite cette petite déception. Dans un coin, elle trouve les rubans et, juste à côté, les souliers assortis aux tissus. Le drapier la conseille, mais, comme elle n'y connaît pas grand-chose et qu'elle n'ose pas trop parler pour ne pas le montrer, il se tourne vers sa mère et son amie, plus disposées à discuter des bienfaits du coton pour les bas, plus solide, moins coûteux.

— Je vous assure qu'à la cour tout le monde en porte.

— Ils n'ont plus de bas en soie ?

— Eh non, madame, cela coûte trop cher ! Avec la Fronde, il n'y a plus que Fouquet qui ait de l'argent dans ce pays.

— M. Fouquet est un de nos amis, énonce Mme de Sévigné, hautaine.

— Oh, excusez-moi, mesdames, si je me suis mal fait comprendre, je sais que vous êtes très proches de monsieur, et je travaille moi-même pour lui et je trouve cela très bien qu'il soit si riche, c'était juste pour expliquer que…

— Cessez de vous embourber, mon pauvre ; nous avons bien compris ! s'exclame la mère de Françoise, avec un mépris qui trahit son énervement.

Finalement, après avoir babillé et commenté les nouvelles tendances de la mode, les dames s'accordent sur deux robes en velours, l'une rose poudré, l'autre vert tendre pour l'extérieur, avec une robe-manteau d'un bleu nuit profond, qui s'accorde avec les deux couleurs, et deux robes de soirée en damas, l'un à motifs d'or sur fond bleu clair, l'autre gris perle sur jaune poussin. Françoise se laisse mesurer de part en part, très gênée quand le drapier la touche, ce qu'il évite pourtant autant qu'il le peut.

— Qu'avez-vous à vous dandiner ainsi, Françoise ? Tenez-vous tranquille, voyons ! intervient sa mère, d'humeur brouillée depuis qu'ils ont parlé de Fouquet.

— Ma pauvre enfant, moi non plus, je n'aime pas trop que l'on me prenne les mesures : un de mes amis se fait dessiner la silhouette au blanc d'Espagne sur un miroir pour ne pas être touché, tant il est chatouilleux.

— Quelle bonne idée ! Et cela fonctionne ?

— Oui, fort bien !

— Eh bien, nous essaierons la prochaine fois : il te faudra de nouvelles robes au printemps ! dit Mme de Sévigné.

— Au printemps ?

— Oui, tu grandis et tu forcis comme toute jeune fille de ton âge, et, si nous devons t'amener à la cour, il faudra que tu sois tout à fait au goût du jour !

Françoise n'en revient pas de joie, c'est incroyable ce qu'il lui arrive. Quand le drapier s'en va avec ses commandes, mère et fille vont déjeuner, et Mme de La Fayette les quitte pour préparer son salon. Françoise est invitée officiellement pour le mercredi suivant. Elle est d'autant plus excitée et désireuse de lire, d'apprendre et de réviser pour montrer son esprit. Elle a très peur de ne pas être à la hauteur et elle passe donc l'après-midi avec le livre de Ménage, tout ennuyeux qu'il soit, malgré Charles qui vient l'asticoter. Elle le chasse à grands cris, et, bonheur, pour une fois, ce n'est pas elle qui se fait réprimander :

— Laissez donc votre sœur, vous n'avez rien d'autre à faire ? Il me semble que madame a demandé que vous révisiez un peu votre leçon d'italien ! le gronde la femme de chambre, qui finit de déballer les malles.

Françoise est donc à peu près tranquille jusqu'au dîner, au cours duquel un invité-surprise vient les déranger. C'est Bussy-Rabutin, le cousin de sa mère, un homme malicieux, taquin, mais très cultivé. Lui aussi, comme Mme de La Fayette, vient aux nouvelles après la longue absence de la petite famille. Il s'est déplacé de province exprès, mais en toute discrétion, car il a été exilé dans son château de Bourgogne par Mazarin, le cardinal qui règne sur la France à la place du roi. Le comte de Bussy-Rabutin a commis apparemment un assez grand crime pour qu'on ne le voie plus, mais sa mère ne lui a jamais révélé ce qu'il en était... Peut-être une histoire de maîtresse là encore ? En général, c'est ce qui vaut aux nobles d'être renvoyés chez eux, les histoires de cœur. Décidément, Françoise se sent de moins en moins rassurée à l'idée de pénétrer dans ce monde. En tout cas, Bussy-Rabutin s'amuse beaucoup des enfants lorsque sa cousine lui conte la mascarade, et Françoise plonge le nez dans son assiette pour cacher sa honte.

— Quelle jeune personne étonnante ! s'exclame Bussy-Rabutin. On la croit froide, elle nous regarde de haut, et, en fait, c'est une sacrée farceuse ! De qui tient-elle cela ? Ce n'est pas de vous, chère cousine ? Serait-ce de son père ?

— Taisez-vous donc, vous n'êtes pas gentil avec elle, dit précipitamment Mme de Sévigné pour le faire taire.

Françoise ne se reconnaît pas du tout dans ces paroles : hautaine ? Froide ? Elle a plutôt l'impression que tout le monde peut voir à quel point elle manque de confiance en elle. Il n'y a qu'avec Tiphaine qu'elle a cette audace, parce que lui ne la juge pas... Soudain, elle est nostalgique des Rochers. Pense-t-il à elle ? Dans le livre qu'elle a lu, des bergers et des bergères s'aiment d'amour tendre, il n'y a pas de différence entre les gens, personne ne leur demande s'ils ont le droit de s'aimer ou n'arrange de mariage pour les jeunes filles sans leur demander leur avis. Et si sa mère prend ce livre en modèle, pourquoi refuse-t-elle de considérer le jeune fermier comme un garçon intéressant, intelligent ? Françoise sait bien ce qu'il en est, elle ne se fait pas d'illusions sur sa société, enfin, pas tant que ça… mais elle trouve que les livres sont bien mensongers et qu'ils représentent mal la réalité. Et cette allusion à son père ? Pourquoi le cousin pose-t-il cette question ? Il a bien connu M. de Sévigné, il doit le savoir ! Plongée dans ses pensées, elle se fait rappeler à l'ordre par sa mère :

— Françoise ! Roger vous demandait ce que vous avez pensé de l'ouvrage de Ménage.

— Oh, c'est un texte fort instructif qui explique comment les mots sont nés, leur histoire et leurs voyages.

Françoise s'enflamme. Elle poursuit, heureuse de montrer ce qu'elle a retenu :

— Par exemple, saviez-vous qu'« étonner » vient de « tonnerre » ? Cela explique bien ce que l'on ressent lorsqu'on a une surprise importante, comme si la foudre nous tombait dessus. C'est incroyable de penser que les mots que nous utilisons sont aussi anciens ! Ils sont la mémoire de notre langue, ils parlent de notre histoire.

— Fort belle analyse, jeune fille ! Je pense que vous n'aurez aucun souci pour briller en salon si vous êtes aussi vive d'esprit. Ne vous montrez cependant pas trop fermée, on pourrait vous prendre pour une orgueilleuse, prévient le cousin.

— Ma fille, orgueilleuse ? Mais que dites-vous là, Roger ? Elle est modeste, parmi toutes ses qualités.

— C'est bien ce que je pensais, c'est vous qui la desserviez en vantant ses mérites sans cesse. Laissez-la donc faire ses preuves par elle-même.

— À treize ans ?

— Quatorze bientôt, ma mère.

— Taisez-vous, ma fille, et allez donc vous coucher, je crois que cela suffit pour aujourd'hui.

Françoise ne bronche pas, elle est en effet épuisée et réprime ses bâillements depuis la fin du repas. Elle salue Bussy-Rabutin, embrasse sa mère et file se coucher.

— Je resterai à Paris pour vous voir chez Mme de La Fayette, chère enfant, avant de repartir me cacher ! lui lance Bussy-Rabutin, avec un air moqueur. Vivement que Mazarin m'oublie… ou qu'il meure !

— Roger ! s'offusque Mme de Sévigné.

Dans l'escalier, elle les entend se quereller : est-ce à cause d'elle ? De ce mot sur la mort de Mazarin ? Tout le monde dit qu'il ne passera pas l'hiver, de toute façon. Non, ce doit être à cause d'elle. Pfff… elle trouve qu'il y a bien des mystères !

Elle essaie d'écouter la conversation des deux adultes, en pure perte : rien ne filtre de distinct, et elle ne peut prendre le risque de se coller à la porte, car un domestique peut passer n'importe quand. D'ailleurs, la femme de chambre arrive et lui jette un regard qui fait fuir la jeune fille dans sa chambre. Elle n'est pas une excellente espionne !

La semaine qui suit passe à toute vitesse, laissant Françoise à bout de forces : entre les leçons de danse, les essayages, les lectures, les discussions littéraires avec sa mère et ses amis de passage, elle ne cesse de courir et d'exercer son esprit dans le même temps. Qu'il est dur d'être une jeune fille de noble condition ! Lorsqu'elle se plaint ainsi à sa femme de chambre, celle-ci la regarde avec un léger air de mépris qui s'estompe très vite. Mais Françoise a bien vu sa petite grimace.

— Vous trouvez que je me plains trop ? demande-t-elle.

— Non, je comprends, vous n'êtes pas habituée, vous ne pensiez qu'à jouer auparavant.

— Ah.

— Cependant, je pense que votre amie Fanchon doit aussi trouver que la vie est bien dure.

— Oh, c'est vrai, la pauvre, je suis bien sotte de ne penser qu'à moi qui vis ce grand moment quand ma Fanchon est toute seule aux Rochers !

La pensée de Fanchon ramène celle de Tiphaine : que penserait-il d'elle s'il la voyait ainsi ? La trouverait-il jolie dans ses nouvelles robes ? Ou, au contraire, la jugerait-il orgueilleuse comme Bussy-Rabutin ? Elle chasse vite ces questions de son esprit : après tout, lui n'est qu'un paysan, il ne peut qu'admirer ce qu'elle est en train de devenir, non ? Cette pensée la chatouille désagréablement, mais, prise dans le tourbillon de sa nouvelle vie, elle ne s'en préoccupe plus. Sa mère lui a demandé d'écrire une petite histoire, afin de voir si elle a du talent, et de la lire, si tel est le cas, lors de la soirée du lendemain. Elle s'y mettra demain matin, après son cours de danse, et elle s'endort en imaginant déjà son historiette.

Deux heures de travail acharné permettent à Françoise de finir son histoire, mais l'après-midi, sa mère est trop occupée avec des ennuis de paperasserie pour la lire, et on est déjà mardi ! Françoise n'a qu'à la relire, et elle en teste l'efficacité sur Charles : celui-ci bâille trois fois à l'écoute de cette histoire de bergers et de princesses sans queue ni tête.

— Excuse-moi, mais c'est assez mauvais, dit-il d'un ton sentencieux.

— Et comment le saurais-tu ? s'exclame Françoise, vexée. Tu n'as que dix ans !

— Presque onze, méchante, et je lis autant que toi ! N'étais-tu pas capable de dire si une histoire est bonne ou mauvaise à mon âge ? répond Charles sans se vexer, lui qui est d'un meilleur caractère.

— Ah oui, c'est vrai !

— Ton histoire semble copiée d'une autre !

— C'est vrai que j'ai beaucoup imité *L'Astrée*...

— Eh bien, prends ta propre expérience, nous vivons la moitié de l'année à la campagne. Et appelle tes personnages avec des prénoms d'aujourd'hui ! Pourquoi pas les nôtres ? Je serais très fier que tu appelles un de tes personnages Charles !

— Même si tu ne ressembles pas à ton personnage ?

— Oui, oui, ne t'en fais pas !

— Merci de tes encouragements, je ne pensais pas que tu me serais d'une aide aussi précieuse !

— C'est que tu ne comptes pas assez sur moi, chère sœur !

Charles repart, tout fier de lui. C'est vrai qu'il est gentil, et serviable. Françoise n'a pas tant à se plaindre de lui, et, comme elle ne va pas à l'école comme d'autres enfants de la noblesse, c'est la seule personne de son âge qu'elle voit tous les jours puisque Mme de Sévigné a décidé de faire elle-même leur éducation, contrairement à ce qui se pratique d'habitude dans la noblesse. C'est une façon pour elle de leur donner le meilleur tout en évitant qu'« un vieux professeur de la Sorbonne ne leur farcisse la tête d'idioties », comme elle le dit souvent. Françoise aurait bien aimé, cependant, faire partie d'une classe avec d'autres jeunes filles de son âge. Mais elle se secoue et se réjouit : elle va enfin en rencontrer, des filles comme elle ! Elle ne sera sans doute pas la seule fille de son âge dans ce salon de Mme de La Fayette. Il faut qu'elle leur montre que ce n'est pas parce qu'elle n'est pratiquement jamais sortie de chez elle qu'elle est la dernière des idiotes ! La voilà qui réécrit son histoire, selon les conseils de Charles, racontant l'histoire d'un amour champêtre entre une princesse, Marguerite, et un jeune paysan charmant, Thibault. Charles les aide à se retrouver malgré la jalousie d'une autre bergère, Fanette, qui leur met des bâtons dans les roues. Tout se résout heureusement, Thibault étant en fait un prince abandonné à la naissance par sa méchante marâtre, et les deux tourtereaux filent le parfait amour sous le regard de la reine, mère de Marguerite, qui approuve leur histoire et leur offre un palais.

Les enfants dînent seuls, sans leur mère, dans la cuisine : ils aiment bien faire cela quand elle n'est pas là, et les domestiques apprécient aussi, car c'est moins de travail pour le service et moins d'allers et retours de la cuisine à la salle à manger. De fait, ils sont gâtés, reprenant trois fois du dessert, des crèmes délicieuses parfumées à la fleur d'oranger et des petits croquants à l'anis.

— Hum, moi, j'aurai la même chose demain tandis que toi, tu seras obligée de te tenir droite et de sourire toute la soirée !

— Mais je suis très contente de cela, tu sais ?

— Pfff, tu as tort, tu vas t'ennuyer !

— Tais-toi, tu n'y connais rien.

Mais comment a-t-elle pu penser qu'il était gentil quelques heures plus tôt ? Il est jaloux et il ne comprend rien à rien ! Françoise monte se coucher, relisant une dernière fois son histoire, qu'elle laisse tomber au bas du lit lorsqu'elle s'endort, épuisée.

Chapitre 6

— Mère ! se plaint Françoise lorsqu'elle la voit. Vous n'avez pas lu mon histoire, je ne vais pas pouvoir l'apporter ce soir, si ? Elle m'a demandé tant de travail, je suis déçue.

Mme de Sévigné n'est rentrée en effet que fort tard, elle a dû passer la soirée chez l'un ou l'autre de ses amis, et elle ne s'est pas levée pour déjeuner avec ses enfants. Elle a la mine chiffonnée.

— Cessez de vous plaindre ainsi, c'est indécent. En fait, je suis venue dans votre chambre hier en rentrant et je l'ai lue. J'ai trouvé cela assez réussi, même si l'on sent bien l'influence d'Honoré d'Urfé. Vous n'aurez qu'à l'apporter et, si vous en avez l'occasion, vous la lirez. Mais ne vous faites pas d'idée, ce n'est pas miraculeux, juste correct !

— Oh merci, chère mère, merci !

— Bien, préparons-nous pour ce soir, il n'y aura pas trop de deux heures pour que vous soyez parfaite. Vos cheveux ressemblent à un nid de rats. Mais qu'avez-vous fait ?

Françoise se renfrogne, elle sait que sa mère souhaite le meilleur pour elle, mais elle est parfois un peu dure...

— Vous mettrez la robe grise et jaune, elle s'accorde admirablement à votre blondeur. Pas de bijoux pour une si jeune fille, ajoute Mme de Sévigné à l'intention de la femme de chambre.

Françoise va se préparer : elle souffre lorsqu'il faut serrer son corset, dont les baleines lui compriment la poitrine atrocement, en particulier à la taille qu'elle a musclée après son été à la campagne et qui ne supporte pas d'être ainsi malmenée.

— Bien, soufflez un grand coup, mademoiselle, pour faire sortir tout l'air de vos poumons.

Elle obtempère, et, lorsqu'elle a expiré tout l'air de ses poumons, la femme de chambre tire d'un coup sec sur les cordons du corset et les noue, laissant Françoise sans air et respirant avec difficulté. Sa poitrine naissante est tout aussi comprimée, elle se lève et s'abaisse rapidement, au rythme de sa respiration haletante.

— Mais..., dit-elle sans souffle, je... ne... vais... pas... pouvoir... tenir... toute... la... soirée !

— Mais si, mais si, ne vous en faites pas ! Venez ici que je vous coiffe !

La femme de chambre s'escrime avec peignes et brosses, arrachant presque le cuir chevelu de la jeune fille qui se sent de plus en plus mal. Enfin, elle est maquillée, habillée, coiffée et, elle doit l'avouer malgré la souffrance, superbe. La robe lui va en effet particulièrement bien, Françoise a l'air plus grande et plus sophistiquée. Elle se demande si quiconque s'apercevra qu'à l'intérieur elle n'est qu'une petite fille apeurée… et au bord de la suffocation ! Elle s'habitue cependant à son corset, glisse son historiette dans un petit sac de perles et rejoint sa mère, dont le regard fier vaut toutes les souffrances. Même Charles est estomaqué :

— Ma sœur ! Quelle élégance ! Je penserai bien à vous, ce soir !

Les voilà parties, en carrosse, quoiqu'il n'y ait pas plus de trois minutes de marche ! Mais elles ne peuvent pas prendre le risque de crotter leurs souliers en satin ni le bas de leurs robes, ni arriver comme de vulgaires bourgeoises. Dans la cour d'entrée, elles tombent sur Bussy-Rabutin.

— Mes chères cousines, que je suis heureux de vous voir ! s'exclame-t-il avant de s'engouffrer rapidement chez leur hôtesse, fuyant l'humidité du soir qui tombe.

Elles le suivent, se débarrassant de leurs robes-manteaux auprès du majordome, puis pénètrent dans le salon de Mme de La Fayette. La compagnie est déjà nombreuse, une dizaine de personnes, et joyeuses ! Les rires fusent, tout le monde entoure la maîtresse de maison. Lorsqu'elle aperçoit les nouveaux venus, elle s'écrie avec gaieté :

— Ah, voici les reines de la soirée, et leur fidèle compagnon ! ajoute-t-elle avec un léger mépris pour Bussy-Rabutin, dont celui-ci s'offusque, au vu de son air contrarié.

Ils prennent place dans le cercle tandis qu'une des invités joue de la harpe avec douceur. Françoise est assez impressionnée et elle observe ses voisins par en dessous, n'osant les dévisager trop franchement. À sa droite, il y a un jeune homme à peine plus âgé qu'elle, assez commun de visage. Sa voisine de gauche est peu avenante, elle est vêtue d'une robe aussi verte que celle d'un lézard, sa perruque est tout aussi voyante, et elle a de petits yeux de fouine. Elle ne tient pas bien assise sur sa chaise tant elle est grosse, et le regard qu'elle jette à Françoise est tout sauf gentil.

Comme si elle n'avait pas été interrompue par leur arrivée, la conversation se poursuit entre les membres du cercle sur le sujet du *Songe de Vaux*, le poème que La Fontaine destine à Fouquet. Françoise ne sait si elle doit intervenir : dans le doute, elle s'abstient. Elle n'a de toute façon rien d'intelligent à dire sur La Fontaine qu'elle ne connaît pas. D'ailleurs, a-t-elle seulement quelque chose d'intelligent à dire ? Elle serre sa feuille contre elle, dans son petit sac, quand un homme rieur se tourne vers elle et son voisin pour leur demander :

— Et vous, jeunes gens, pensez-vous qu'il est raisonnable de considérer le jardinage comme un art ?

— Cela me semble étrange, répond le jeune homme. N'a-t-on pas déjà les neuf arts des Muses pour exprimer les sentiments de l'âme ? Le jardin n'est pour moi qu'un écrin, où les Muses pourront s'ébattre, et non un art en lui-même.

— Et vous, mademoiselle ? Croyez-vous aussi que la Muse Hortensie[1] soit inutile ?

— Je pense le contraire, ose Françoise, les jardins représentent un tel travail pour accorder la nature et les vœux de l'esprit qu'il y a une sorte d'art dans cette alliance lorsqu'elle réussit, comme lorsqu'on allie les mots et les sentiments. Mais La Fontaine a choisi un nom bien ridicule pour sa Muse, d'autant que les hortensias ne sont pas les fleurs les plus élégantes !

Tout le monde éclate de rire à ces mots, plongeant Françoise dans la confusion. Qu'a-t-elle dit de si drôle ? Personne ne vient à son secours, et sa

1. Nom que La Fontaine a donné à la Muse du Jardinage dans *Le Songe de Vaux*.

mère la foudroie du regard. Son voisin la regarde avec un froid mépris, et sa voisine s'étouffe de rire.

— Pauvre Françoise ! s'écrie Mme de La Fayette. Vous êtes cruels de rire ainsi. Nous ne vous avons pas présenté M. de La Fontaine qui vient de vous interroger, ma jeune amie.

Françoise est mortifiée : elle vient de dire à l'auteur lui-même qu'il avait fait un choix ridicule ! Quelle honte !

— En tout cas, mon cher Jean, intervient Bussy-Rabutin, vous savez à quoi vous en tenir avec cette franche jeune fille, révisez votre copie et changez votre Hortensie !

Tout le monde rit de plus belle. Heureusement, La Fontaine décide de leur déclamer quelques vers, et l'attention se détourne de la gaffeuse. Son voisin se détourne, et Françoise se mure dans le silence. Après un temps qui lui semble fort long, qu'elle passe à guetter un sourire de sa mère qui ne vient pas, la conversation porte à présent sur Fouquet, et la jeune fille voit que sa mère est très attentive. Elle-même prête grande attention à ce qui se dit. Ils parlent de la galanterie du grand monsieur, et Bussy-Rabutin dit, haut et fort :

— Pour sûr, il y en a une parmi nous qui pourrait nous renseigner sur le contenu du cœur de notre cher surintendant, car elle le connaît bien, n'est-ce pas, chère cousine ?

— Monsieur, vous êtes inconvenant, le rabroue Mme de La Fayette, tandis que Mme de Sévigné cache sa gêne derrière un éventail peint de roses blanches.

— C'est que, de ma Bourgogne, j'ai entendu que M. Fouquet écrit souvent à ma cousine et qu'elle ne daigne pas lui répondre : seriez-vous fâchés ?

— Mais non, pas du tout, nous sommes en bons termes, Nicolas et moi : si vous voyiez ces lettres, vous sauriez qu'elles ne parlent que de notre amitié pure ! Vous devriez tenir votre langue, cousin, car vous ne savez rien, rétorque Mme de Sévigné.

— Bien, finissons avec cela et dégustons une petite collation.

Des serviteurs apportent des assiettes de pâtisseries qu'ils donnent aux convives pour qu'ils se les fassent passer. Dans ces soirées, les hôtes sont le plus souvent laissés à eux-mêmes, sans personnel pour leur tenir la serviette ou remplir leurs verres : le mot d'ordre est « simplicité », même si cela est totalement artificiel et hypocrite vu que des armées de gens de maison attendent derrière la porte de reprendre leur rôle. En tout cas, ces gourmandises sont si appétissantes que l'estomac de la jeune fille gronde. Heureusement, personne ne l'entend !

Mais elle n'est pas au bout de ses peines : deux assiettes arrivent en même temps, sur sa gauche et sur sa droite. Paniquée, elle pioche une tartelette dans l'une et un chou dans l'autre, et se retrouve bien empêchée de passer les assiettes à son tour. Son voisin la regarde avec un air courroucé, obligé d'attendre comme un simple valet qu'elle ait avalé son chou pour attraper le plat qu'il lui tend. La vieille dame-lézard lui tend sa propre assiette avec le même regard d'ennui mortel :

— Mais regardez cette gourmande que nous devons servir ! Mais qui a élevé cette sans-gêne ? s'exclame-t-elle.

Essayant de rattraper la situation, Françoise avale coup sur coup les deux pâtisseries sous le regard horrifié de sa mère.

— Elle mange comme un petit cochon ! s'écrie l'affreuse bonne femme.

Françoise, la bouche pleine, ne peut rien dire et se hâte de passer les assiettes sans les renverser, mais le mal est fait, elle a encore attiré l'attention sur elle par son ridicule. Elle déglutit péniblement, se promet de ne plus rien avaler et se demande comment échapper à ce cauchemar. Sa mère a l'air si furieuse qu'elle ne dit rien non plus. Quand Bussy-Rabutin se lève pour se placer derrière Françoise, la jeune fille se prépare à une nouvelle catastrophe. Il pose les mains sur ses épaules et déclare :

— Ma chère petite-cousine que voici n'est pas seulement d'une franchise frôlant l'insolence ou d'une gourmandise insatiable, elle a aussi des talents d'écrivaine, digne en cela de sa mère, qui l'a fort bien éduquée, n'en déplaise aux jalouses, n'est-ce pas, madame de Marans ? J'ai cru comprendre que sa lecture de notre bien-aimé *L'Astrée* lui a donné quelque inspiration !

Ouf ! En fait, ce brave Bussy-Rabutin est venu la sauver en faisant ce qu'il peut pour la mettre en valeur et fermer le bec de l'affreuse mégère. Françoise sort sa feuille et, fière, lit son court récit bucolique. Tous l'écoutent avec attention, et, lorsqu'elle achève, des applaudissements naissent spontanément :

— Mais c'est fort joli, dit Mme de La Fayette.

— Tout à fait, renchérit La Fontaine, je n'aurais pas fait mieux à votre âge, mademoiselle.

La jeune fille, rouge cette fois de fierté, se tourne vers sa mère pour recevoir un compliment qui la rassurerait, mais Mme de Sévigné ne sourit pas cependant, elle a même l'air en colère. Françoise ne comprend pas.

— C'est charmant, charmant, intervient la vilaine lézarde, mais je me demande qui sont ces

Marguerite et Thibault qui s'aiment tant ? Vous êtes-vous inspirée de personnages réels ?

— Eh bien, oui : pour que l'histoire soit plus touchante, j'ai puisé dans mon propre vécu, explique Françoise.

— Je ne comprends pas : vous avez vous-même vécu cette histoire ?

— Presque, oui.

— Ah, quelle découverte ! Vous êtes amoureuse d'un petit paysan ? ricane la méchante. Mais il faut différencier la littérature de la réalité, ma chère enfant ! Ha ha ha !

L'éclat de rire se propage, et, pour la troisième fois, Françoise provoque le rire à ses dépens. Elle ne sait plus où se cacher, toute rouge qu'elle est. Des larmes lui viennent aux yeux, et elle range prestement son texte dans son petit sac, baissant la tête pour ne pas croiser le regard de sa mère.

— La pauvre petite, vous êtes vraiment cruelle, madame de Marans, je ne vous félicite pas, intervient Mme de La Fayette.

Mais le mal est fait, personne ne la prendra plus jamais au sérieux, elle s'est ridiculisée de toutes les manières, c'est la pire soirée de sa vie ! Sans aucune possibilité de s'échapper, Françoise reste assise et se morfond jusqu'à ce qu'enfin un mouvement se fasse : tout le monde se lève et se salue, se souhaitant bien des bonheurs jusqu'aux prochaines retrouvailles, chez Mlle de Scudéry le samedi. Mme de Sévigné prend Françoise par le bras, de façon brusque, sans aucune délicatesse, et l'entraîne dehors après avoir remercié son hôtesse. Mme de La Fayette a un petit regard apitoyé pour Françoise :

— On dirait que cela n'a pas été comme vous le pensiez... J'en suis désolée, chère enfant. Il est bien difficile de grandir !

Françoise aimerait répondre, mais sa mère prend la parole à sa place :

— Françoise est encore très jeune en effet, j'ai cru pouvoir lui faire confiance, mais elle n'est qu'une enfant, et je suis honteuse de l'avoir amenée pour qu'elle fasse des pitreries.

— Vous êtes dure avec elle, mon amie ; elle est charmante, et nous savons tous que vous êtes une excellente mère, ne vous embarrassez pas de mauvaises paroles, je vous assure.

Mais les mots apaisants de Mme de La Fayette semblent sans effet, et c'est en silence et dans la gêne que les deux Sévigné rentrent chez elles. Françoise n'ose rien dire, et sa mère ne lui accorde même pas un regard. Françoise va se coucher, tristement, son seul soulagement étant d'enlever enfin ce corset qui l'étouffe.

Chapitre 7

Au petit déjeuner, la mère de Françoise n'apparaît pas, et ce n'est qu'au déjeuner que la jeune fille peut enfin lui parler. Elle a remâché la soirée toute la nuit, tout le matin, se cachant de Charles qui ne cessait de la chercher pour lui demander comment cela s'était passé. Elle lui en veut d'avoir participé à sa honte en lui donnant d'aussi mauvais conseils pour son histoire. Au fond, elle sait qu'il n'y est pour rien, mais elle n'a pas envie de devoir lui avouer qu'elle a lamentablement échoué à sa première entrée dans le monde. Elle s'en veut surtout d'avoir déplu à sa mère. Mais, pour elle, si passer des soirées dans le monde doit être aussi angoissant, elle préfère ne pas recommencer. Enfin, à table, alors que sa mère reste de glace et ne lui adresse aucun regard, elle ose prendre la parole :

— Mère…

— Qu'y a-t-il, Françoise ? répond Mme de Sévigné, d'un ton froid.

— Vous m'en voulez ?

— C’est autre chose. Je suis déçue.

— Je… Pardon !

— Je ne comprends pas ce qui vous a pris de me ridiculiser ainsi ? Pourquoi ?

— Je n’ai pas essayé de…

— Ne pas reconnaître La Fontaine, c’est une chose, vous ne l’aviez jamais vu, mais énoncer votre avis aussi franchement ! Ne vous ai-je pas appris à enrober vos propos ?

— J’ai cru bien faire… Ce que j’ai dit n’était pas si bête ?

— Ce n’était pas idiot, bien au contraire, et de fait votre avis paraissait d’autant plus insolent ! Et ce numéro avec les pâtisseries ! Quelle goinfre !

— Je ne savais pas comment m’en sortir, j’ai cru que…

— Que quoi ? demande la mère de Françoise en s’emportant.

— Que ce serait impoli de refuser…

— C’est absurde ! Vous n’avez pas réfléchi ?

— Je me sentais si honteuse que…

— Que vous avez décidé de finir votre tour par cette abominable histoire ! crie alors Mme de Sévigné, dans une colère noire.

— Je croyais que vous l’aimiez ! s’écrie alors Françoise, frappée par l’injustice de la situation.

— Ce n'est pas du tout l'histoire que j'avais trouvée sur votre secrétaire !

— Mais alors... c'était la première version qui vous avait plu ?

— Il est évident que la deuxième n'était pas convenable ! Pourquoi avoir réécrit quelque chose d'aussi... je ne sais pas trouver les mots pour qualifier votre torchon : vous mettre en scène ainsi, c'était stupide !

Françoise fusille Charles du regard, il en a les larmes aux yeux.

— C'est ma faute, mère, dit-il alors avec un grand courage. C'est moi qui ai conseillé Françoise, je croyais bien faire.

— Eh bien, manifestement, vous vous êtes trompé. Elle s'est couverte de ridicule, et je pense qu'aujourd'hui tous se rient de moi.

— Pourquoi de vous, mère ? hasarde Charles.

— Quand une enfant est aussi mal éduquée, cela vient de sa mère ! Surtout moi qui vous ai élevée à la maison et m'en montrais si fière. Quelle honte ! Ah, je ne sais pas comment je vais pouvoir reparaître devant mes amis !

Françoise comprend tout, alors. Ce n'est pas d'elle que sa mère se soucie, mais de sa propre réputation !

— Je ferai mieux la prochaine fois, mère, je le promets, s'écrie Françoise, désespérée.

— Vous ne ferez plus rien du tout : il va bien falloir tout l'hiver pour corriger vos façons. Dès demain, vous reprendrez les cours de maintien, ils remplaceront les cours de danse. Et je vous ferai copier autant de livres de bienséance qu'il faudra ! Plus de sorties jusqu'à nouvel ordre. Nous irons aux Rochers plus tôt cette année, il est inutile de rester à Paris plus de cinq mois, et peut-être à l'automne prochain serez-vous prête à vous tenir convenablement.

Françoise éclate en sanglots et court se réfugier dans sa chambre, où elle enfonce sa tête dans l'oreiller pour qu'on ne l'entende pas crier et pleurer. Elle est en colère, déçue, confuse, elle ne sait plus où elle en est. Mais une chose est sûre : sa mère est d'une cruauté sans limites ! Elle qui l'a toujours soutenue et entourée de sa tendresse ! La réaction qu'elle a eue après la mascarade révélait en fait sa dureté. Françoise se rappelle toutes les fois où elle l'a grondée ainsi et s'aperçoit que sa mère n'est pas la gentille maman aimante qu'elle a toujours cru, mais une femme pour qui l'honneur est plus important que le bien-être de sa propre fille… N'a-t-elle pas vu à quel point Françoise était triste ? Ne devrait-elle pas la consoler, la rassurer plutôt que de s'emporter contre elle aussi cruellement ? Et tout cela alors qu'elle va fêter son anniversaire… Françoise est fâchée elle aussi. Sa mère ne compte que par l'apparence et le maintien… quitte à se montrer hautaine ou méprisante avec ceux qu'elle juge inférieurs. Et même sa propre fille ! Pourquoi accorde-t-elle tant d'importance à ses erreurs, plus qu'à sa peine et à sa tristesse ? Cela est-il si important de se faire bien voir de cette Mme de Marans ou de ces gens qu'elle ne connaît même pas ?

Françoise pleure tout l'après-midi et elle demande à avoir son souper dans sa chambre. Sa mère ne daigne pas s'enquérir de sa santé, et même Charles évite de venir l'asticoter. Elle l'a trouvé courageux, pourtant ; elle ne se fâcherait pas après lui ! Elle le lui dira demain. Elle a besoin de dormir. Après avoir avalé sa soupe clairette, elle se couche, triste et abattue, comme cela sera sans doute le cas durant les longs mois qui vont suivre…

En effet, les jours suivants sont gris et mornes. Le matin, cours de maintien avec Charles et la vieille grincheuse. Françoise se demande bien à quoi cela peut lui servir alors qu'elle ne sort plus de chez elle, et elle n'a même plus le cœur à l'imiter pour faire rire son frère. Les heures sont d'un ennui sans bornes, et chacune ressemble à la précédente… Elle copie des règles de bienséance et les copie encore et encore. Sa mère l'interroge régulièrement pour vérifier qu'elle les connaît par cœur…

— « Étant assis à table, ne te gratte point, et garde-toi tant que tu pourras de cracher, de tousser ou de te moucher, ou fais-le dextrement sans beaucoup de bruit. » « Ne mange des deux joues et pleine bouche. » « Ne montre nullement d'avoir grand plaisir à la viande et au vin. » « Prenant du sel, prends garde que le couteau ne soit gras ; quand il le faut nettoyer, ou la fourchette ; on le peut faire honnêtement avec un peu de pain ou avec la serviette, mais jamais sur le pain entier. » « Ne flaire les viandes, et si d'aventure tu le fais ne les remets pas après devant un autre. » « N'engraisse ton pain tout à l'entour avec les doigts, mais, le voulant couper, torche tes mains auparavant. » « C'est une chose fort indécente de s'essuyer le visage et la sueur avec la serviette, ou avec la même se nettoyer le nez, l'assiette ou le plat. » « Ne dois te lécher les doigts avec grand bruit. »

Les repas se passent souvent sans Mme de Sévigné qui semble éviter sa fille autant que possible, si ce n'est pour vérifier son travail en fin d'après-midi avant qu'elle ne parte à un salon ou à un dîner. Elle ne lui parle plus jamais de la soirée chez Mme de La Fayette et, quand celle-ci vient,

Françoise est priée de ne pas se montrer. Bussy-Rabutin est reparti en province, et l'anniversaire de Françoise a été fêté en cercle restreint. Sa mère l'a embrassée, bien sûr, mais avec une retenue nouvelle, qu'elle ne lui connaissait pas. Quant à l'idée de rencontrer Fouquet en vrai, ce n'est plus qu'un songe lointain.

Françoise n'a eu pour cadeau que deux livres de bienséance qu'elle connaît déjà par cœur. Elle a demandé d'autres lectures, mais sa mère ne l'en juge pas encore digne. Elle se demande combien de temps elle va devoir payer cette maudite soirée. Les semaines s'écoulent ainsi, puis un mois, un deuxième, un troisième. Lorsque mars arrive, ils refont tous les valises et les malles pour partir aux Rochers. Mme de Sévigné s'est un peu attendrie, elle a autorisé sa fille à lire des romans et des pièces de théâtre, qu'elle lui choisit : Corneille lui plaît beaucoup, elles en ont discuté un peu. Françoise s'aperçoit que les conversations littéraires que sa mère lui octroie semblent atténuer sa colère et qu'elles en sortent un peu moins fâchées. Mais cela ne dure pas, et Françoise a désormais hâte de retourner en Bretagne pour échapper à cette atmosphère étouffante. Elle n'a cessé de penser à Tiphaine durant ces dernières semaines, elle a hâte de lui parler, de lui ouvrir son cœur. Lui, sans aucun doute, pourra la comprendre !

Le voyage jusqu'aux Rochers semble durer une éternité : ils sont partis à 2 heures du matin. Charles s'ennuie d'autant plus que leur mère se plonge dans ses lectures la plupart du temps, et lui n'a que le secours de ses osselets ou de ses soldats de plomb pour s'amuser. Elle est tendre avec lui, cependant, et Françoise regrette amèrement le temps où elle la câlinait ainsi. Mais Mme de Sévigné garde une froide distance avec sa fille, qu'elle reprend régulièrement sur sa tenue ou ses expressions.

— Ne vous plaignez pas comme une enfant, lui dit-elle quand Françoise gémit à cause des cahots de la route.

— Mangez plus proprement, et surtout de plus petites quantités, sinon vous ressemblerez à un cachalot, lui assène-t-elle lorsqu'ils s'arrêtent pour manger et se reposer à Malicorne, près du Mans.

— Employez des termes littéraires plutôt que d'exprimer vos émotions aussi naïvement, lui reproche-t-elle lorsqu'elles parlent du roman de Mlle de Scudéry.

Françoise est fatiguée de cette rigueur, elle finit par s'en ouvrir à son frère, alors que leur mère s'est assoupie.

— Je n'en peux plus, je sais que je l'ai ridiculisée, mais pourquoi est-elle aussi dure ?

— Je crois que c'est sa façon à elle de rattraper ce qu'elle a raté.

— Je ne suis pas ratée ! s'offusque Françoise.

— Mais non, la rassure Charles, c'est juste que tu es comme moi, trop libre, pas assez… polie.

— Tu me trouves malpolie ?

— Non, je te trouve très bien ! Mais regarde ses amis et les enfants de M. et de Mme de Pomponne : ils ne parlent jamais sans faire de grandes phrases, on dirait qu'ils emploient les mots juste pour les faire sonner !

— Tu as sans doute raison…

— Tu sais, même si c'est dur, j'aimerais parfois être à ta place…

— Tu rigoles ?

— Non ! Elle fait tellement attention à toi, elle fait des efforts sans cesse pour que tu deviennes une jeune fille parfaite ! Moi, c'est comme si j'étais irrécupérable, je la vois qui pince la bouche quand je mange ou quand je parle, mais elle ne me reprend jamais.

— C'est qu'elle doit te trouver trop jeune. Et, franchement, je n'ai pas du tout envie d'être une jeune fille parfaite si ça veut dire que je dois avoir la soupe à la grimace encore des semaines !

— Alors, arrête d'employer des expressions comme ça et cesse de faire la tête : si tu étais un peu moins fermée, ça irait peut-être mieux !

— Tu m'énerves, tu ne sais pas de quoi tu parles, s'écrie Françoise, vexée.

Durant tout le reste du voyage, la jeune fille se met dans sa bulle : personne ne la comprend donc ?

Chapitre 8

L'arrivée aux Rochers se fait sous une pluie battante. Le ciel est d'un gris sombre, la cour, boueuse, tache leurs vêtements. Ils courent se réfugier à l'intérieur et se réchauffent devant le foyer du salon. Jeanne les accueille avec un bol de soupe et les dernières nouvelles. Une tempête a déplacé des tuiles sur le toit, occasionnant une fuite que les ouvriers ont eu bien de la peine à réparer ; les châtaigniers ont tant donné qu'ils ont de la confiture de marrons pour deux ans ; les pièces sont froides malgré les feux brûlant dans les nombreuses cheminées de la demeure, elle s'excuse, elle ne sait pas comment chauffer une si grande maison :

— C'est sûr, c'est pas comme à Paris…

Françoise écoute d'une oreille le babillement de Jeanne jusqu'à ce qu'elle parle de Fanchon :

— Fanchon va bien, oui-da, ce n'est plus le problème de sa cheville, mais on va pas en parler devant mademoiselle et le petit monsieur…

Mme de Sévigné prend un air entendu et s'éloigne avec Jeanne vers les cuisines :

— Je vais donner mes ordres pour la semaine : allez donc dans vos chambres pour aider à défaire vos malles.

Françoise se précipite dans sa chambre, qu'elle trouve très humide. Fanchon est là, et la jeune fille se jette dans les bras de la soubrette :

— Ah, mon amie ! Que je suis heureuse de te voir !

— Oui, mademoiselle, moi aussi ! s'écrie Fanchon, ravie.

— Si tu savais, j'ai tellement de choses à te raconter !

— Ah oui, j'ai bien pensé à vous, les belles robes, les soirées... C'était bien ?

— Eh non, ma pauvre, j'ai été ridicule, je n'ai pas été à la hauteur et j'ai passé l'hiver à la maison, répond Françoise, piteuse mais honnête avec son amie d'enfance.

— Oh, mademoiselle, que je suis triste pour vous ! s'exclame Fanchon, visiblement désolée.

— Mais je n'ai pas usé mes belles robes, tu vas voir, elles sont superbes... J'espère pouvoir les remettre au printemps ! Et toi, tu ne t'es pas trop ennuyée ? lui demande-t-elle en la serrant contre elle.

— Oui, mais… euh… faites attention !

— Quoi, mais…

Françoise avise soudain le ventre de Fanchon, bien plus rond qu'au mois de septembre.

— Qu'est-ce que c'est que…

— Oui, mademoiselle, je vais avoir un bébé.

— Quoi ?

— C'est Maël le père.

— Mais quand ?

— Juste avant que vous partiez, mademoiselle ; je vous en avais parlé.

Françoise se le rappelle. Oui, elle s'en doutait !

— Je ne pensais pas que ça m'arriverait, j'ai pris des précautions, mais ça n'a pas marché et… et voilà.

— Oh, et bien ça alors ! Tu sais quand il va naître ?

— Pour le mois d'mai qu'a dit le médecin. J'pourrai pas rentrer avec vous à Paris, maintenant, plus jamais…, se lamente la jeune femme.

— Mais qu'a dit ta mère ?

— Que j'devais me marier avec lui, maintenant qu'j'avais un pain au four, mais j'pensais pas, moi.

— Tu ne l'aimes pas ?

— Si, si, je l'aime bien, mais c'est un peu jeune pour se marier, vous comprenez. Nous, les gens de rien, on s'marie sur le tard, on fait pas comme vous…

Françoise ne sait pas quoi dire pour consoler son amie, elle lui touche le ventre timidement, en se demandant si le bébé peut sentir la tristesse de sa maman. Penser à Fanchon comme une maman, voilà une idée bien étrange ! Tout d'un coup, Françoise se dit que ce sera peut-être à son tour, d'ici peu ! Elle aimerait bien avoir quelques détails concrets sur ce qui se passe en vrai, mais elle n'ose pas demander à Fanchon déjà si triste.

— Allez, déballons ces malles que je te montre mes robes ! D'accord ?

Les deux filles retrouvent le sourire et leur complicité en accrochant les belles robes dans l'armoire. Elles admirent le tissu et la coupe, Fanchon s'extasie :

— Que c'est beau ! Ça me servira de modèle pour vous raccommoder vos vieilles robes, vous rentrez à peine dedans, z'avez pris des seins et des fesses, mademoiselle !

— Oh !

— Quoi ? Allez, on est entre nous, on va pas faire des manières !

Françoise éclate de rire, et elle a l'impression que cela fait trois mois qu'elle n'a pas ri comme ça : c'est comme un voile qui se déchire et laisse passer la lumière qui lui inonde la poitrine et le cœur. Enfin, elle se sent mieux. Fanchon la regarde, se dandinant :

— Vous savez, mademoiselle, ma mère, elle était pas vraiment contente, elle a dit que femme d'un paysan, c'est pas ce qu'elle voulait pour moi et que, si vot'mère veut bien, j'pourrais peut-être rester à votre service.

— Mais… et le bébé ?

— Bah, je le mettrai en nourrice !

— Mais… Maël ?

— J'suis pas sûre de vouloir passer ma vie avec lui ici, mademoiselle. Déjà que les cinq mois qui viennent de passer ont été longs…

— Je ne sais pas, Fanchon. Et ma mère est trop fâchée contre moi pour que je lui demande quoi que ce soit.

— Vous dites ça, mais vous avez toujours été sa préférée, j'suis sûre qu'elle essaie juste de faire votre bien.

— Je ne sais pas.

La lumière est repartie, Françoise finit de ranger les affaires avec la soubrette sans ajouter mot. Elle a hâte de voir Tiphaine maintenant, mais le jour tombe déjà, il lui faudra attendre demain. À moins que… Elle pourrait peut-être sortir après le repas pour aller le retrouver à la ferme ? Elle se sent pousser des ailes à cette idée. Après tout, quitte à ne pas être une jeune fille parfaite, autant s'amuser un peu !

Après le dîner, tout le monde part dans sa chambre, et Fanchon attend Françoise pour la déshabiller. La jeune fille hésite à la mettre dans la confidence, mais elle préfère garder son secret, finalement. Quand la soubrette s'en va, Françoise sort de son lit et revêt en vitesse un manteau chaud, des chaussures et une cape par-dessus le tout : il fait froid dehors. Elle descend l'escalier avec discrétion, passe par le hall et ouvre la porte le plus silencieusement possible. C'est incroyable de voir à quel point c'est facile : la voilà dehors ! Avec prudence, elle s'éloigne du château et passe par les jardins. Il fait très sombre, elle n'y voit rien, s'empêtre dans sa cape et finit par tomber par terre en poussant un petit cri. Ses genoux sont en sang, heureusement personne ne l'a entendue. Se fiant à sa connaissance des allées, elle se dirige vers la ferme, mais, à l'approche de celle-ci, elle comprend son erreur : des aboiements féroces retentissent dans la cour de la bâtisse. Il y a des chiens. Ceux-ci la connaissent mal, elle a peur de se faire mordre et pousse de nouveau un cri. La porte s'ouvre :

— Prisca ! Dollie ! La ferme !

— Qu'est-ce que c'est, Tiphaine ?

— Je sais pas, papa, sans doute un lapin qui passait !

— Va donc les fermer au chenil !

Terrorisée, Françoise n'ose pas bouger quand le garçon s'approche, sa lanterne à la main. Les chiens sont entre eux, grognant sur l'intruse mais sans attaquer ; ils attendent un ordre de leur maître. Celui-ci lève sa chandelle et, tout étonné, voit Françoise dans sa cape, les pieds boueux, l'air affolé.

— Ben ça alors, qu'est-ce que vous faites là ?

— Je voulais te voir !

— Comme ça, au milieu de la nuit, vous êtes folle ! Rentrez, n'allez pas prendre froid.

— Non, je ne peux pas, ton père le répéterait à ma mère... Elle ne sait pas que je suis là.

— Eh ben, vous avez fait le mur ! Allons dans la grange alors, nous y serons au chaud.

D'un geste sûr, il la prend par le bras et l'entraîne vers la grange, où il la laisse le temps d'enfermer les chiens au chenil. Françoise se laisse tomber sur un gros tas de paille. Il fait bon, ça sent le lait et la bouse séchée, dans un étonnant mélange qui n'est pas si désagréable ; les quatre vaches, une vraie richesse, lui tournent le dos, mais l'une d'elles jette parfois la tête de côté pour la regarder de ses grands yeux aux cils de soie. Un chat passe et vient se frotter contre les jambes de Françoise.

— Faites attention avec le chat, mademoiselle ; il est coquin, il va vous…

Soudain, le chat saute sur les genoux de Françoise et s'installe en tâtant le terrain.

— Il patoune, il va s'endormir sur vous !

— Il est mignon, je l'aime bien.

Tiphaine s'assied à côté d'elle, et elle lui prend la main, étonnée de sa propre hardiesse :

— Je suis venue te voir parce que… j'ai beaucoup pensé à toi.

— Dans votre hôtel, à Paris ? Ça ne s'est pas bien passé ?

— Pourquoi dis-tu ça ?

— Parce que si vous vous étiez bien amusée vous m'auriez oublié. Mais, comme vous voilà, je suppose que vous vous êtes ennuyée et que vous avez pensé à moi.

Françoise n'ose rien dire, car il l'a percée à jour. Elle se sent soudain mal à l'aise : et si Tiphaine croyait qu'elle était là pour que… pour qu'il l'embrasse ou autre chose ?

— Racontez-moi vos malheurs !

Rassurée en constatant qu'il ne veut que discuter avec elle, la jeune fille n'hésite pas un instant et raconte les préparatifs, la soirée ratée, les mois de pénitence... Elle parle sans discontinuer si bien que Tiphaine doit l'interrompre au moment où elle aborde le sujet de Fouquet et des lettres galantes que sa mère aurait reçues.

— Attendez-moi ici, d'accord, je vais voir mon père pour lui dire de ne pas s'inquiéter, que je m'occupe des bêtes.

La jeune fille, coupée dans son élan, se rend compte soudain qu'elle n'a parlé de cela à personne depuis des mois et que, dans la même journée, elle le raconte deux fois : elle est donc si seule à Paris ! Il faut que cela change. Elle n'en peut plus de vivre ainsi, isolée, aux prises avec une éducation qui ne lui convient pas, qui l'enferme et la rend distante alors qu'elle ne rêve que de contacts et d'amitié. Tiphaine revient sur ces réflexions, et elle lui adresse son plus beau sourire, ce qui a pour effet de faire rougir le jeune homme.

— Mademoiselle, je ne voudrais pas vous fâcher, mais il faudra peut-être que je vous raccompagne au château, non ? Il est tard.

— Ah oui, bien sûr !

— Mais, avant, j'ai quand même une question, si vous permettez...

— Oui, tu es mon ami, tu peux me poser les questions que tu veux, affirme Françoise, curieuse.

— C'est à propos de ce monsieur… comment vous dites ? Fouqua ?

— M. Fouquet, le surintendant des Finances.

— Oui, celui-là. Je trouve cela étrange cette affaire de lettres : j'ai entendu une conversation, cet automne, quand je dépierrais cette fichue allée. C'était entre Jeanne et mon père. Ils disaient que madame serait bien occupée à Paris, que c'était pas comme ici, avec le peu de visites qu'elle a, que ce soit l'abbé ou les cousines de Bretagne. Qu'à la capitale elle allait voir du beau monde et p'têt même, son amant.

— Son amant ?

— Eh, je crois pas que Jeanne soit sûre d'elle, mais elle a dit comme ça : « Elle doit bien avoir des soupirants, une belle veuve comme elle, je me demande lequel c'est… » Là, mon père lui a dit de s'mêler de ses oignons, et la Jeanne, elle a grogné.

— Elle n'a rien dit de plus ?

— Si, si, elle a dit que si c'était à elle de choisir elle prendrait Fouquet parce qu'il est très riche et qu'un peu de sous, ça permettrait de passer moins de temps dans ce château humide.

— Alors ça… Je crois qu'il y a quelque chose à éclaircir.

— Oui, mais comment ?

— Je ne sais pas encore, mais je vais trouver !

Françoise et Tiphaine rentrent au château en prenant soin de ne pas faire de bruit, et, une fois dans son lit, la jeune fille cogite longuement. Elle a l'impression qu'un puzzle se dessine sous ses yeux. Sa mère gênée lorsqu'on parle de Fouquet, des lettres, le fait qu'elle ressemble si peu à son père, les sous-entendus de Bussy-Rabutin… Mais oui ! Le cousin, c'est lui qui pourra la renseigner ! Elle se relève et, immédiatement, commence à lui écrire. Mais comment lui demander cela ? Elle ne lui a jamais envoyé de courrier, d'une part, et elle ne peut pas être trop directe non plus… Finalement, épuisée, elle se recouche en se promettant de trouver une solution le lendemain !

Hélas ! c'est sans compter sur Mme de Sévigné : dès le matin, elle demande à sa fille de la rejoindre dans son petit cabinet pour une discussion sérieuse. Françoise s'attend au pire…

— Ma fille, cela va faire bientôt six mois que vous êtes en pénitence, et je pense que notre arrivée aux Rochers peut être le signe d'un nouveau départ. D'autant que, malgré vos efforts ridicules pour l'éviter, vous allez bien devoir faire cette entrée dans le monde, que tous attendent. La bonne société va croire que je vous cache, vous allez sur vos quinze ans, et je ne peux vous garder plus longtemps.

Françoise ne comprend plus rien ; c'est elle qui a volontairement tout fait capoter ? Mais quelle blague, ce n'est pas possible de retourner les choses ainsi ! Elle aurait bien voulu, elle, ne pas rester cachée !

— Je crois que ces quelques mois vous auront été bénéfiques pour grandir, devenir une vraie jeune fille et laisser votre naïveté de côté. Nous allons donc profiter de notre séjour pour vous présenter dans les cercles d'amis que nous avons ici, et vous enseigner plus sérieusement une belle expression.

— Oui, ma mère.

— Nous sommes invités la semaine prochaine chez M. de Coëtquen, vous viendrez avec moi, je vous garderai à mon côté afin de prévenir tout débordement. Pour votre emploi du temps, je vous propose de nous retrouver ici tous les matins, nous écrirons de concert. L'après-midi, comme vous avez semblé intéressée par le jardinage, vous travaillerez avec Pilois, mon jardinier, à la nouvelle allée, cela vous permettra de vous occuper un peu. Cela vous convient-il ?

— Oui, ma mère.

— Fort bien, commençons : je pense qu'une des plus belles façons d'apprendre à vous exprimer convenablement est d'entretenir une correspondance. Nous allons donc nous écrire l'une à l'autre, et je vous prierai aussi de faire quelques courriers à notre cousin.

Françoise n'en croit pas ses oreilles, voilà l'occasion rêvée d'écrire à Bussy-Rabutin, avec l'aval de sa mère ! Si tant est qu'elle ne lise pas tout ce qu'elle rédige...

— Au travail, ma petite ! Commencez donc par me conter notre voyage par lettre !

La matinée se passe ainsi, à l'écriture d'une vraie fausse lettre pour sa mère, qui est juste à côté d'elle. Françoise trouve tout cela un peu ridicule, mais elle s'y astreint. Elle raconte de son mieux le voyage, essaie de faire des paragraphes et de soigner ses expressions ; elle finit par obtenir quelque chose dont elle est assez contente, mais, lorsqu'elle lit la lettre que sa mère lui a adressée, elle se rend compte de la pauvreté de son style et de la médiocrité de son récit.

Enfin, ma fille, nous voici donc de retour aux Rochers. Quel moyen de revoir ces allées, ces devises, ce petit cabinet, ces livres, cette chambre, sans bonheur ? C'est une chose étrange que les grands voyages. Si l'on était toujours dans le sentiment qu'on a quand on arrive, on ne sortirait jamais du lieu où l'on est.

Mais la Providence fait qu'on oublie; c'est la même qui sert aux femmes qui sont accouchées. Dieu permet cet oubli, afin que le monde ne finisse pas et que l'on fasse des voyages en Bretagne.
Mes petits arbres sont d'une beauté surprenante. Pilois les élève jusqu'aux nues avec une probité admirable. Tout de bon, rien n'est si beau que ces allées que vous avez vu naître. Hélas ! ma fille, que mes lettres sont sauvages ! Où est le temps que je parlais de Paris comme les autres ? C'est purement de mes nouvelles que vous aurez et, voyez ma confiance, je suis persuadée que vous aimez mieux celles-là que les autres.
La compagnie que j'ai ici me plaît fort. Notre Abbé est toujours plus admirable; mon fils et lui s'accommodent fort bien de moi, et moi d'eux. Nous nous cherchons toujours, et, quand les affaires me séparent d'eux, ils sont au désespoir, et me trouvent ridicule de préférer un compte de fermier aux contes de La Fontaine. Ils vous aiment tous passionnément; je crois qu'ils vous écriront. Pour moi, je prends les devants, et n'aime point à vous

parler en tumulte. Ma fille, aimez-moi donc toujours. C'est ma vie, c'est mon âme que votre amitié ; je vous le disais l'autre jour, elle fait toute ma joie et toutes mes douleurs. Je vous avoue que le reste de ma vie est couvert d'ombre et de tristesse, quand je songe que je la passerai si souvent éloignée de vous.[1]

La jeune fille est si touchée des derniers mots qu'elle verserait presque des larmes, mais sa mère commence tout de suite à corriger sa lettre et elle ne peut pas lui exprimer son émotion. Elle aurait aimé pourtant qu'elle la serre contre elle comme elle a pu le faire si souvent, mais il semble que ce temps-là est passé et qu'elle n'aura plus de câlins de sa mère, maintenant qu'elle est grande. Eh bien soit, tant pis, elle n'en veut plus ! Elle écoute avec attention les remarques que Mme de Sévigné lui fait :

— Il vous faut, ma bonne, mieux prévoir votre plan d'emblée : de quoi souhaitez-vous parler ? Quelle sera la tonalité de votre lettre ? Du début à la fin, cela doit se sentir et, si vous vous permettez un petit écart pour distraire votre lecteur, revenez au premier propos sans trop découdre l'ensemble.

---

1. Extraits remaniés d'une lettre réelle de Mme de Sévigné pour sa fille, datant du 31 mai 1671.

Cependant, cela doit sembler décousu ! Il n'est pas utile que l'on voie les ficelles, au contraire : si vous réussissez à donner l'impression que tout se suit légèrement et sans peine, quoique, en fait, vous teniez votre propos en laisse, vous avez gagné !

— Oui, ma mère, une feinte légèreté ; c'est cela ?

— Tout à fait. Pour les expressions : les vôtres n'ont rien de naturel, elles sont plaquées dans le texte comme des pansements sur une jambe. Là encore, tout doit être harmonieux sans donner l'impression que la lettre vous a donné du travail. Le lecteur ne vous sera pas reconnaissant d'avoir sué sang et eau si l'ensemble s'en ressent. Au contraire, il préfère que le ton soit celui de la conversation, il pourra imaginer que vous lui parlez...

— Tout est affaire de faux-semblants, alors ?

— Non, les émotions sont sincères, sans quoi cela sonne creux. Mais l'art qui les arrange doit se dissimuler. C'est pour cela que je trouve utile que vous aidiez Pilois au jardin : la nature domptée ne doit pas montrer ses chaînes, et les plus beaux bosquets sont ceux qui semblent avoir poussé là, sans ordre apparent quand ils sont en fait judicieusement organisés pour qu'on s'y perde et qu'on y rêve. Saisissez-vous ?

— Oui, je comprends fort bien.

La lettre

Ce que Françoise ne comprend pas, par contre, c'est que sa mère lui livre son cœur et parle d'elle-même dans ses exemples. Elle a été émue de voir les larmes de sa fille lorsque celle-ci a lu la lettre, mais elle n'en a rien montré, décidée à garder ses distances pour forcer sa fille à grandir. Car c'est le reproche que lui ont fait ses amis lorsqu'ils ont reparlé, en petit comité, du fameux fiasco de sa première sortie dans le monde. Elle la couve trop, ne la laisse pas vivre, et la petite manque tellement de confiance en elle, elle est si naïve que sa maladresse n'a rien d'étonnant. Bussy-Rabutin a été le plus dur avec elle, lui qui la connaît si bien. Il pense qu'elle la gâte et qu'elle n'obtiendra qu'un fruit pourri si elle ne fait pas quelques efforts pour améliorer le caractère de sa propre enfant. Depuis, elle se tient à la rigueur, malgré la peine qu'elle sent chez sa fille. Elle est persuadée qu'elle est sur la bonne voie !

Chapitre 9

Dans les jours qui suivent, Françoise a bien du mal à trouver l'occasion d'écrire ce qu'elle souhaite à Bussy-Rabutin : sa mère préfère qu'elles poursuivent leur échange artificiel, et elle ne peut pas échapper à sa surveillance. Le repas chez les Coëtquen se passe au mieux, Françoise est même félicitée pour sa distinction. Elle s'en fiche un peu, en réalité, ayant décidé de ne plus accorder d'importance à ce que peuvent penser les amis de sa mère. Seule compte sa réaction à elle, et Mme de Sévigné étant contente, Françoise est satisfaite. L'abbé leur rend souvent visite, et avec lui elle se sent assez à l'aise pour parler : c'est la famille, et il est si gentil qu'elle sait qu'il ne se moquera pas d'elle. Ils discutent souvent de religion et, plus généralement, des choses de la vie. Cela plaît à la jeune fille qui comprend qu'elle soignera sa naïveté en apprenant tout cela au plus vite !

Il faut dire qu'elle n'a quasiment pas parlé, préférant paraître froide que de dire des sottises. Finalement, elle a l'occasion d'écrire une lettre au cousin lorsque Mme de Sévigné part passer la journée dans ses fermes alentour pour récolter les fermages, ces sommes que lui doivent les paysans pour la location des terres. Françoise s'attelle donc à son écrit en y mettant les formes. Elle doit lui poser les questions qui lui tiennent à cœur : sa mère avait-elle une liaison avec Fouquet, cela était-il ancien ? sans lui laisser soupçonner qu'elle imagine être la fille du surintendant. D'une part, elle n'en est pas sûre, d'autre part, si tel est le cas, elle ne doit surtout pas attiser la curiosité du cousin qui n'est pas discret pour deux sous, et risque de le crier sur les toits. À moins qu'il ne soit dans le secret ? Avec patience, elle tourne donc sa lettre au mieux et la fait porter par la poste avec des missives que sa mère lui a demandé d'envoyer. Pour cela, elle doit se rendre au relais de poste, à Vitré, et c'est Tiphaine qui l'y conduit : elle en profite pour lui raconter ce qu'elle a écrit, et il trouve qu'elle s'en est bien sortie, cela la rassure. Cependant, elle estime qu'il est trop souvent d'accord avec elle ces derniers temps : elle se demande parfois si sa franchise n'est pas obscurcie par ce qu'il ressent pour elle. Il n'en a pas reparlé depuis l'automne, mais elle voit bien comment il la regarde… Elle met cela de côté, c'est trop compliqué pour elle, et leur amitié lui va bien. Le temps passant, elle sent confusément que ce n'est pas de l'amour qu'elle a pour lui, mais une amitié tendre, et elle n'a pas oublié les paroles de sa mère sur la distance à garder avec les serviteurs : quoiqu'elle trouve cela stupide, elle n'en a pas moins peur de créer une situation trop difficile à gérer.

C'est en arrivant au relais qu'ils apprennent une nouvelle d'importance : le conducteur de la malle-poste dispose de *La Gazette*, ce journal qui renseigne les provinces sur ce qui se passe à Paris… Ils y apprennent que Mazarin est mort ! Le grand cardinal, qui dirigeait la France avec la mère de Louis XIV, est décédé dans son lit le 9 mars. Cela va sans doute changer bien des choses, car le roi va devoir gouverner seul à présent. Et Bussy-Rabutin va être ravi, lui qui était exilé à cause du cardinal… Rapidement, elle ajoute un mot à sa lettre, proposant au cousin de venir les visiter : s'il vient, il lui sera plus facile de le sonder ! En espérant que sa mère ne lui reproche pas cette initiative. Mais Françoise se sent pousser des ailes depuis quelque temps : à croire qu'elle prend vraiment son indépendance ?

La réponse de Bussy-Rabutin ne tarde pas à venir : la semaine suivante, il annonce à Mme de Sévigné son arrivée prochaine. Fin mars, il arrive aux Rochers ! Entre-temps, l'état de Fanchon a nécessité qu'elle soit alitée : le médecin dit que le bébé risque d'arriver plus tôt si elle ne fait pas attention à se reposer. Françoise va la voir tous les jours, car la pauvre soubrette a très peur : c'est comme si elle réalisait enfin que l'accouchement se rapprochait, et elle redoute la souffrance, elle qui est si douillette. Mais la jeune fille est bien en peine pour la rassurer : elle ne sait toujours pas exactement comment Fanchon en est arrivée là, quoique l'observation des animaux de la ferme lui ait donné quelques indications. Par contre, savoir comment se passe la mise bas, elle en sait quelque chose, car Tiphaine lui a raconté comment les vaches font lorsqu'elles doivent donner naissance à leur veau, et la description de leurs meuglements de douleur laisse à penser que Fanchon a raison d'avoir peur ! Il y a tant de femmes qui meurent en mettant leur bébé au monde. Françoise prend son courage à deux mains pour aborder le sujet avec sa mère lors de leurs échanges matinaux.

— Mère, je suis inquiète pour Fanchon, elle est terrorisée à l'idée de mettre le bébé au monde !

— Ah ! Elle n'a pas vraiment tort, c'est une épreuve très douloureuse, mais je te rassure, on oublie tout ensuite !

— Mais vous vous le rappelez, pourtant ?

— J'ai souvenir que cela fait mal, mais je ne me rappelle pas la souffrance elle-même !

— Fanchon aimerait rester à mon service ensuite.

— Oui, sa mère m'en a parlé. Elle pourrait en effet mettre l'enfant en nourrice, s'il survit, et nous suivre à Paris.

— Je ne comprends pas pourquoi il est plus important pour elle de me suivre plutôt que de s'occuper du bébé.

— Abandonner une situation comme la sienne pour se marier et vivre ici ? Vous n'avez pas la tête sur les épaules, évidemment qu'elle fait le bon choix ! Mais nous avons le temps d'y penser, nous ne rentrerons pas avant l'automne.

— Mère, j'avais une autre question… Mazarin étant mort, cela va-t-il changer beaucoup de choses dans le royaume ?

— J'en doute : tant que le surintendant a la confiance du roi, rien ne changera. Et je pense que cette confiance ne peut pas changer d'un iota, car Fouquet l'a gagnée en protégeant le jeune roi pendant la Fronde, ce qui n'est pas rien.

— Vous le connaissez ?

— Bien sûr, répond Mme de Sévigné, un peu sèchement. Concentrez-vous donc sur votre lettre, ma fille. Avec la venue du cousin, je n'aurai plus beaucoup de temps à vous consacrer.

Françoise se remet à l'ouvrage, obéissante en apparence mais bouillonnant intérieurement. Plus les choses avancent, plus elle comprend que sa mère fait elle aussi passer sa situation avant ses propres enfants ! Et cela lui semble tout naturel, comme l'idée que Fanchon laisse son nourrisson à une autre femme. N'est-ce pas ce que Mme de Sévigné a fait ? La confier à la nourrice plutôt que de s'occuper de son bébé elle-même ? Si Françoise a des enfants un jour… Enfin, elle n'y est pas !

Lorsque Bussy-Rabutin arrive, c'est la fête au château : tout le monde adore le vieil homme irrévérencieux, surtout Jeanne qui lui trouve un charme incroyable. Cela fait beaucoup rire Françoise et Fanchon quand l'une rend visite à l'autre, car elles le trouvent surtout… vieux ! Les meilleurs plats sont servis, car il est gourmand, la meilleure chambre est apprêtée, car il est délicat, une chasse même est organisée, car il aime ce passe-temps. Tiphaine court partout et n'a plus de temps pour Françoise. Fanchon est toujours alitée et le restera jusqu'au terme, alors Françoise s'occupe en travaillant dans le jardin, et c'est là que son cousin la trouve quelques heures après son arrivée :

— Charmante Manon ! Quel bel ouvrage vous avez fait là !

— Oh, mon cousin, pourquoi m'appeler encore Manon ? Je suis Françoise maintenant.

— Ici, parmi ces fleurs, vous êtes toujours Manon pour moi !

La jeune fille fait une petite révérence, et le vieux monsieur est ravi. Elle sait comment lui plaire après toutes ces années. Et il a l'air si joyeux !

— Qu'est-ce qui vous rend si heureux, mon cousin ?

— C'est que je suis libre ! Mazarin est mort, vive le roi ! Il m'a ramené de mon exil en demandant à me voir à son lever. Rendez-vous compte : une des distinctions les plus honorifiques ! Je suis officiellement de nouveau le bienvenu à la cour.

— Et pourquoi êtes-vous venu ici alors, au lieu de profiter de Paris ?

— Mais pour vous voir, enfin ! Vous m'avez écrit !

— Je ne pensais pas avoir été si persuasive !

— Vous minaudez comme une vraie jeune fille de la cour, maintenant !

— Je... quoi ?

— Vous minaudez…, vous faites des manières !

— Ah non, non, excusez-moi !

— Mais, au contraire, c'est une bonne chose pour mon projet…

— Quel projet ?

— Vous verrez bien, j'en parlerai d'abord à votre mère. Quant au sujet qui nous importe, je pense qu'il vaudrait mieux que nous en parlions seul à seul.

— Mais nous sommes seuls !

— Moi, je vois d'ici un jeune homme tout à fait curieux qui fait semblant de tailler les haies, n'est-ce pas, Tiphaine ? dit Bussy-Rabutin en haussant la voix, poussant l'espion à sortir de son buisson.

— Tu nous écoutais ? demande Françoise, d'un ton sec.

— Euh… non…

— Si, il écoutait ! s'exclame soudain une quatrième voix qui semble s'échapper d'une boule de buis.

— Charles ! Tu nous espionnes aussi !

Le garçon sort de sa cachette, avec des feuilles plein les cheveux.

— Vous voyez, reprend Bussy-Rabutin, je ne crois pas prudent d'en dire plus pour l'instant, mais sachez que je pense vos soupçons fondés…

— Oh !

Françoise brûle de poser des questions, mais pas devant Charles : elle n'a pas envie de le mêler à tout ça. Quant à Tiphaine, elle le lui racontera, mais elle n'apprécie pas trop qu'il la surveille ainsi, quoique cela ait quelque chose de mignon : c'est comme s'il s'inquiétait pour elle !

— Allons dîner, voulez-vous ?

Ce soir-là, la jeune fille n'en saura pas plus : le cousin et Mme de Sévigné se retirent en tête en tête dans le petit cabinet de celle-ci, et Françoise n'ose même pas s'échapper pour retrouver son ami comme elle l'avait prévu, car elle a peur que sa mère ne passe la voir dans sa chambre. Elle ne le fait pratiquement plus jamais, mais il suffirait que ce soir… De sa fenêtre, elle fait quelques signaux avec sa chandelle pour prévenir Tiphaine de sa défection, et celui-ci lui répond de même ; c'est lui qui a eu l'idée de créer un code ainsi, et c'est très pratique ! Elle se couche la tête pleine de questions. Qu'a voulu dire Bussy-Rabutin ? Est-ce que sa mère a bien une liaison ? Depuis combien de temps ? C'est surtout cela qui l'inquiète !

Les jours qui suivent n'apportent aucune réponse à ses questions. Elle asticote Bussy-Rabutin pour en savoir plus, mais il se moque d'elle et refuse de lui répondre.

— Jeune fille impatiente ! Laissez-moi mener mon projet à bien, et vous saurez tout ce que vous voulez !

De quel projet s'agit-il ? Tiphaine et elle ont beau se creuser la cervelle, ils n'en savent rien.

— Je ne comprends pas, s'énerve la jeune fille, il était prêt à me parler, et, là, on dirait qu'il attend quelque chose ! Mais quoi ?

— Peut-être que cela dépend de votre mère ?

— Ça m'agace ! Je vais essayer d'en savoir plus ce soir, peut-être que je pourrai rester dans le cabinet de ma mère ?

— Sinon... il y aurait bien une solution : la pièce au-dessus du cabinet a une cheminée, non ?

— Oui, c'est la chambre de Jeanne, répond Françoise.

— Peut-être qu'en y collant l'oreille vous pourriez entendre ce qui se passe en dessous ?

— Oui. Mais comment rester dans la chambre de Jeanne sans éveiller les soupçons ?

— Nous pouvons demander de l'aide à Fanchon, propose Tiphaine.

— Tu as raison, s'exclame Françoise, Fanchon est presque à terme, elle pourrait pleurnicher auprès de sa mère pour que celle-ci couche auprès d'elle, et alors nous aurions la voie libre.

— Je ne pense pas que je devrais venir avec vous… Si on me trouve dans le château le soir, ça va mal se passer.

— Tu as raison : je vais aller discuter avec Fanchon et je te raconterai !

La soubrette est ravie de voir son amie. Elle est allongée sur son lit, son ventre énorme soulevant l'édredon :

— Enfin, mademoiselle, je suis heureuse que vous me rendiez visite, je m'ennuie à mourir !

— Ma pauvre Fanchon ! J'avais justement un service à te demander qui devrait t'occuper et m'être bien utile !

— Oui-da, je ferai ce que vous voudrez !

— Eh bien, vois-tu, j'aimerais que tu persuades ta mère de dormir à tes côtés pour cette nuit !

— Et pourquoi donc ? Elle ronfle si fort que je ne pourrai pas fermer l'œil !

— C'est que sa chambre est au-dessus du cabinet de ma mère, et j'aimerais bien savoir ce qu'elle raconte à Bussy-Rabutin !

— Mais vous entendrez rien, le plancher est épais, répond Fanchon.

— Je vais essayer d'écouter par le conduit de cheminée !

— Ah, c'est bien pensé ! Mais je comprends pas bien pourquoi vous voulez faire ça, vous croyez qu'ils ont des secrets ?

— Je n'en sais pas beaucoup plus, répond Françoise prudemment, c'est bien pour ça que je veux les espionner !

— Mais comment je vais faire, moi ? s'inquiète la soubrette.

— Eh bien, tu te plains de douleurs dans le ventre, tu pleures un peu et tu demandes à ta mère de rester avec toi, elle va bien faire ça, non ?

— Si vous le dites, je vais essayer..., répond Fanchon, pas très convaincue.

Finalement, la jeune servante doit bien se débrouiller, car dans l'après-midi Françoise entend du remue-ménage à l'étage et, lorsqu'elle monte voir ce qu'il s'y passe, elle trouve Jeanne soufflant et ahanant pour déménager sa paillasse dans la mansarde de sa fille.

— Pfff, souffle-t-elle, voilà que Fanchon se sent pas bien, elle a des douleurs, faut que j'aille la surveiller, mademoiselle !

— Ma pauvre bonne, veux-tu que je t'aide ?

— Ah non, va pas salir ta robe avec de la paille et de la poussière.

— Je ne peux rien faire ? demande Françoise, le plus innocemment possible.

— Si, tiens, tu peux aller me chercher ma lampe à huile.

Françoise se précipite et, une fois dans la chambre, s'approche de la cheminée pour voir si son plan fonctionne : d'après ce qu'elle a compris, sa mère s'est retirée pour écrire. Si le cousin est avec elle, elle devrait pouvoir les écouter. Elle n'entend rien, se dit qu'elle n'est pas assez près et n'a pas d'autre choix que de mettre les pieds dans le foyer en poussant une bûche à demi-calcinée. Flûte, elle a taché sa chaussure ! Elle tend l'oreille, et soudain ça marche ! Elle entend la voix de sa mère !

— Mais qu'est-ce que vous faites dans cette cheminée, Françoise ? s'exclame-t-elle.

Sauf que la voix ne vient pas d'en dessous !

— Qu'est-ce que c'est que tout ce bazar ici ! s'écrie Mme de Sévigné qui se tient derrière Françoise, dans l'encadrement de la porte.

Elle est montée, sans doute dérangée par le bruit ! Vite, trouver une explication !

— Euh… Je… je suis venue voir comme vous ce qu'il se passait et, là, j'ai cru entendre un oiseau dans la cheminée !

— Un oiseau ? Mais qu'est-ce qu'il vous passe par la tête ? Est-ce qu'un oiseau mérite que vous noircissiez vos beaux souliers de soie ? Où avez-vous donc la tête ! s'exclame Mme de Sévigné, fâchée. Sortez de là et demandez à Mariette de nettoyer vos chaussures ! Nous allons nous promener avec notre invité, je souhaitais vous emmener, mais je pense que vous devriez plutôt aller vous calmer dans votre chambre.

Françoise souffle, elle est vraiment nulle pour jouer aux espionnes, ça se confirme. Cependant, elle ne renonce pas. Ce soir, quand elle sera sûre que sa mère et le cousin sont en dessous, elle reviendra. Il s'agit juste de ne pas faire craquer le plancher et de croiser les doigts pour que le conduit lui permette vraiment d'entendre quelque chose.

Après le dîner, les enfants vont se coucher, et, une fois le silence installé dans les couloirs, ce qui suppose que les domestiques ont fini leur service, Françoise se glisse, en chemise et chaussons, jusqu'à l'étage supérieur. Là, elle colle la tête à la porte de Fanchon et reconnaît le ronflement sonore de Jeanne : quand la jeune fille était plus petite, c'était sa nounou qui la veillait lors de ses maladies. Elle ne pourra jamais oublier ces sons incroyables que la grosse femme peut produire avec son nez ! Elle avance donc vers la chambre vide, prend soin de retirer ses chaussons avant de mettre les pieds dans le foyer : elle aura la plante des pieds noire, mais elle pourra les laver discrètement. Tendant l'oreille, elle perçoit tout d'abord la conversation de manière confuse. Mais elle se penche encore et, là, réussit à entendre ce qu'ils disent !

— Je ne saisis pas pourquoi vous refusez de me laisser l'emmener, demande Bussy-Rabutin.

— Sans moi ? s'exclame Mme de Sévigné. C'est pourtant simple à comprendre, je ne veux pas la laisser sans surveillance ! Elle est incontrôlable. Regardez : cet après-midi même, j'ai encore dû la punir comme une enfant parce qu'elle s'était mise en tête de chercher un oiseau dans la cheminée ! Elle est pire que son frère pour inventer des bêtises !

— Je la surveillerai, moi !

— Vous ? Je vous connais, vous aurez vite fait de la laisser pour aller conter fleurette à l'une ou l'autre des suivantes de la reine !

— Alors, permettez que je l'emmène à Vaux : là, pas de tentation pour moi et plus de calme pour elle. Elle apprendra à se tenir auprès de Mme Fouquet et sera prête pour briller à l'automne.

— Mme Fouquet ? Croyez-vous vraiment qu'elle voudra me rendre le service d'accueillir ma fille alors que…

— Alors que ?

— Vous savez bien !

— La femme du surintendant n'est pas jalouse, elle sera très fière de former une jeune fille de l'aristocratie, elle qui n'est pas de notre monde !

« Jalouse » ? Françoise frémit ! Ses soupçons se confirment !

— Et il y a La Fontaine à Vaux, Mme de La Fayette s'y rend souvent et, surtout, Françoise pourra apprendre l'art du jardin auprès de Le Nôtre, c'est autre chose que votre Pilois !

— Vous me resservez les mêmes arguments tous les soirs !

— Oui, mais j'ai reçu aujourd'hui une lettre de notre ami, et elle devrait pouvoir vous convaincre !

Françoise n'entend alors plus rien qu'un bruit de papier que l'on déplie, et suppose que sa mère lit. Après un long silence, celle-ci soupire tragiquement :

— Ah, Roger ! Vous m'achevez avec cette missive ! Comment avez-vous eu connaissance de cela ? Comment avez-vous osé vous servir de ce secret contre moi ?

— Ce n'est pas contre vous, ma toute bonne, c'est pour votre fille ! Je ne veux que vous aider à lui donner le meilleur, et vous êtes vous-même d'accord qu'un peu de distance vous ferait du bien à toutes les deux !

Un secret ! De l'éloignement ! Il faut que Françoise lise cette lettre !

— Mais Vaux-le-Vicomte ! Fouquet ! Si c'est juste pour l'éloigner de moi, pourquoi pas le couvent, à Nantes ?

— Vous avez déjà essayé, il y a trois ans, je crois…

— Oui, c'est vrai, je l'en ai retirée au bout de trois mois !

Ah oui, ça, quelle horreur ! Françoise en garde un souvenir glaçant. La sévérité des sœurs, la méchanceté des autres filles ! Elle n'y avait pas appris plus qu'à la maison sur les façons de se comporter à la cour. Elle avait pleuré jusqu'à ce que sa mère renonce.

— Allez, à présent, vous ne pouvez plus refuser à Fouquet cet honneur ! Il vous faut lui envoyer votre fille pour l'été puisqu'il vous la réclame, vous lui devez bien cela !

— Hélas, vous avez raison… Tout cela est votre faute, pourquoi lui avoir rappelé le souvenir de ma dette envers lui ! Ah, je suis couverte de honte. Laissez-moi !

Des raclements de chaise sur le parquet et le bruit de la porte laissent comprendre à Françoise que l'un des deux est sorti de la pièce. Elle attend que le silence revienne pour redescendre aussi doucement que possible. Arrivée dans sa chambre, elle se nettoie les pieds dans la bassine et se glisse au plus vite dans son lit. *Ouf!* Sa mère ouvre la porte à peine deux minutes plus tard, un chandelier à la main ! Françoise fait semblant de dormir profondément lorsque Mme de Sévigné l'embrasse sur le front :

— Ah, ma fille, je suis une bien mauvaise mère ! murmure-t-elle avant de partir.

Qu'a-t-elle donc voulu dire ?

Chapitre 10

— Il faut absolument que nous retrouvions cette lettre ! s'écrie Tiphaine alors que les trois complices sont regroupés dans la chambre de Fanchon. Il n'y a qu'elle qui nous permettra de comprendre ce que votre mère vous cache !

Fanchon a exigé d'être mise dans la confidence sous peine de tout révéler à sa mère. Françoise n'est pas ravie, elle a peur que la soubrette ne tienne pas sa langue, quoiqu'elle dise le contraire. Mais elle n'a pas trop le choix… Il fait bon dans la soupente, les premiers soleils d'avril réchauffent les tuiles. Ce matin, Mme de Sévigné et Bussy-Rabutin sont partis à Vitré, faire on ne sait quoi. Ils ont pris Charles avec eux, mais Françoise a été priée de poursuivre son ouvrage avec Pilois : les nouveaux dessins du jardin sont prêts, les plants sont presque arrivés à maturité, et ils vont donc pouvoir disposer les différents éléments pour en profiter tout l'été. Cependant, Françoise n'espère plus qu'une chose, partir sans attendre la plantation. Alors qu'elle se faisait une joie de voir fleurir son travail, elle ne pense plus qu'à cette promesse incroyable : aller à Vaux-le-Vicomte !

— Il n'y a pas que la lettre qui nous renseignera... Si Bussy-Rabutin connaît le secret, il peut me le dire ! Sinon, peut-être que je pourrai l'apprendre sur place !

— Ah, mademoiselle, croyez-vous que je pourrai venir avec vous ? Je rêve de voir ce palais ! *La Gazette* dit qu'il est somptueux, que Le Vau a fait des merveilles !

— Tu t'y connais en architecture ? Et comment pourrais-tu venir, Fanchon, dans ton état ?

— Ah, la peste soit de ce bébé ! Que n'ai-je pas refusé ses avances à Maël !

— Eh, c'est de mon frère que tu parles, Fanchon, râle Tiphaine.

— Oui, mais tu sais bien comme il est, toujours à courir après moi...

— Il t'aime !

— Bah, s'il m'aimait, il ne me reprocherait pas de partir.

— Ben, si, justement.

— Bon, arrêtez de vous disputer. Fanchon, tu ne peux pas venir, un point c'est tout. Peut-être que tu pourras me rejoindre à l'automne. Tiphaine, ton frère n'avait qu'à demander sa main à Fanchon avant de la mettre enceinte ! Je ne trouve pas ça bien malin de faire des bébés avant de passer devant M. le curé.

— Comme si on l'avait voulu, ce bébé ! On voulait juste s'amuser un peu !

— Oh ! s'offusque Françoise.

— Ah, mademoiselle, si nous avons une chose, nous les pauvres gens, c'est qu'on ne s'embête pas avec toutes vos histoires d'honneur et de vertu !

À ces mots, Tiphaine rougit à son tour, mais Françoise ne pense qu'à son futur départ à la capitale ! Quand Bussy-Rabutin veut-il partir ? Est-ce qu'elle partira longtemps ? Deux semaines ? Un mois ?

— Pour cette lettre, alors, voulez-vous que nous profitions de l'absence de votre mère pour fouiller le cabinet ?

— J'y ai bien pensé, mais je n'ose pas trop, c'est quand même sa correspondance...

— Je n'y comprends plus rien ! Vous l'avez espionnée hier et vous ne voulez pas continuer aujourd'hui ?

— C'est que...

Mais Françoise est bien en peine pour expliquer ce qui la retient : il y a mille raisons de ne pas recommencer à l'espionner ! Déjà, elle a peur de se faire pincer, et d'être punie de nouveau... Elle n'a pas envie de passer son été enfermée à copier des règles de maintien en société. Elle s'en veut aussi de trahir la confiance de sa mère : quand elle a décidé de l'écouter, elle ne pensait pas découvrir réellement un secret, et voilà qu'il y en a un vrai, un gros… Elle s'est un peu monté le crâne avec cette idée que Fouquet était peut-être l'amant de sa mère, mais, maintenant que cela risque de se révéler vrai, elle se sent mal à l'aise. C'est surtout la peine dans la voix de sa mère, hier soir, qui l'a tant bouleversée. Et si elle la rendait terriblement malheureuse en dévoilant ce qu'elle cache avec tant de honte ? Mais, en même temps, si elle pouvait en savoir davantage, si elle était la fille de cet homme puissant que tous admirent ? Peut-être que l'on ne se moquerait pas autant d'elle la prochaine fois qu'elle ira dans une soirée mondaine ? Et, surtout, aller à Vaux… sans sa mère ! Elle ne veut pas lui faire de la peine, mais elle aimerait partir et découvrir ce qu'elle est vraiment loin de cette protection étouffante ! C'est le maelström dans sa tête.

— Oh, je ne sais pas ! De toute façon, ce ne sont pas vraiment vos affaires.

Tiphaine ouvre la bouche pour protester, mais il se tait finalement. Est-ce par peur de la vexer ou parce qu'il n'ose pas la contredire ? Leur amitié est sincère, mais il reste son inférieur, elle ne l'oublie jamais et lui non plus, sans doute. Les paroles de sa mère restent vives dans sa mémoire : « *Croyez-vous que vous nous rendiez service à tous en laissant croire que l'on peut prendre notre place ? Vous leur mettez des idées en tête qui ne sont pas convenables.* » Elle s'en voudrait tant d'attirer encore des ennuis à Tiphaine ! Et elle n'est pas sûre non plus que cela soit « convenable » de lui accorder trop d'importance… Pfff, voilà qu'elle est encore en train de se torturer avec ses questions !

— Bon, eh bien, je vous laisse. Tiphaine, tu as sans doute mieux à faire, et Fanchon doit se reposer, affirme Françoise avec une autorité qui ne lui ressemble pas.

Les deux autres lui jettent un regard en coin mais n'osent rien ajouter, et Françoise descend jusqu'au cabinet de sa mère. Elle y entre, hésitante. Elle se donne une contenance en cherchant un livre, comme si quelqu'un risquait d'entrer. Mais, après tout, elle a bien le droit d'être là ! Elle s'approche du secrétaire, laisse sa main courir sur les papiers… Une lettre de Mme de La Fayette couvre les autres. Non, décidément, elle n'arrive pas à fouiller comme une voleuse. Elle s'échappe, honteuse, quand bien même personne ne sait ce qu'elle a fait, quand son regard est attiré par un papier à moitié brûlé dans la cheminée. Elle le tire des braises encore rougeoyantes, se roussit les doigts.

— Aïe !

C'est une lettre ! Il n'en reste qu'un tout petit morceau lisible, avec un rond brûlé au beau milieu, qui empêche de tout lire :

...us rappelle pas cela pour vous gêner, chère amie, ma...
...mander de me confier votre propre diamant.

Et la lettre est signée… « Fouquet » ! C'est bien celle-là ! « Votre propre diamant » : est-ce d'elle qu'il s'agit ? Du bruit dans le couloir la rappelle à l'ordre, elle jette le papier dans le feu et le regarde brûler en gravant les quelques mots qu'elle a pu déchiffrer dans sa mémoire. Elle ne comprend pas ce qu'elle a lu, mais elle sent confusément que le secret est vraiment énorme. Elle repart sur la pointe des pieds et, la porte une fois fermée, hésite : va-t-elle prévenir ses amis ? Non, elle n'a pas assez d'éléments et elle a envie de digérer seule toutes ces informations. Revenue dans sa propre chambre, elle commence une histoire, une sorte de roman, dans lequel une jeune fille part à l'aventure, avec l'aide d'une fée, pour retrouver son père perdu dans la forêt. Elle s'amuse beaucoup à décrire la fée et ses ailes dorées, la forêt menaçante et l'inévitable dragon terrifiant : écrire est réellement devenu un plaisir, tant qu'il ne s'agit pas de raconter sa vie dans des lettres. Elle aime bien plus laisser son imaginaire vagabonder, comme avec ces petits contes, que s'essayer à copier le *Dialogue de l'amour et de l'amitié* que lui a fait lire sa mère.

Lorsque Mme de Sévigné, Charles et Bussy-Rabutin reviennent enfin de leur expédition, elle les rejoint dans le jardin pour leur proposer une visite commentée de ce qu'elle a imaginé avec Pilois. Françoise a redessiné certaines allées pour créer une sorte de labyrinthe qui mène soit à un bosquet de repos, où des chaises attendent les visiteurs, soit au bassin dans lequel des poissons s'ébattent, soit enfin au mur des échos, où tous s'amusent à entendre leur voix résonner. Tous sont ravis et partent déjeuner dans la bonne humeur. À la fin du repas, Mme de Sévigné renvoie Charles, qui bougonne, et garde sa fille.

— Ma chère enfant, j'ai pris une grande décision. Roger m'y a aidée, et même poussée…

— Je vous avais promis, chère Françoise, que j'avais un projet.

— Vous lui en aviez parlé ? s'écrie Mme de Sévigné, choquée.

— Mais non, ma chère, j'avais juste parlé d'un projet sans entrer dans les détails.

— Eh bien, allez-y puisque même cela vous voulez me le prendre, rétorque la mère de Françoise, vexée.

— Oh, ma cousine ! la cajole Bussy-Rabutin. Françoise, votre mère est peinée parce qu'elle va consentir à un grand sacrifice pour votre bien.

Françoise fait de gros efforts pour paraître étonnée, quoiqu'elle sache fort bien ce qui l'attend !

— Mon cousin propose de vous emmener avec lui passer quelques semaines à Vaux-le-Vicomte, où notre ami Fouquet se fait une joie de vous accueillir. Tous deux ont pensé que vous apprendriez à vous tenir dans le monde bien plus efficacement qu'en restant aux Rochers, sans pour autant vous plonger d'emblée dans l'ambiance de la cour, où vous risqueriez trop le faux pas.

— Quelques semaines ! À Vaux !

— Oui, voyez : Mme Fouquet et ses enfants y demeurent pour surveiller la fin des travaux quand son époux fait des allers et retours entre Vincennes et le château. Vous serez donc confiée à ses soins jusqu'en juillet, ou août, avant de me revenir, ramenée par Roger qui restera là-bas avec vous.

— Oh, ma mère ! Quelle chance ! Merci ! s'écrie Françoise, dont la joie explose.

— Vous semblez bien heureuse, en effet, remarque sa mère sans doute vexée que sa fille ne s'inquiète pas plus d'être séparée d'elle.

— Vous allez me manquer, se rattrape la jeune fille qui a conscience de marcher sur des œufs.

— J'espère, ma toute belle ! Vous m'écrirez souvent, n'est-ce pas ?

— Bien sûr, mère, tous les jours si vous le voulez !

— Oh oui, car votre absence me sera cruelle, elle me déchire déjà le cœur !

— Quand partons-nous ?

— Êtes-vous si pressée ?

— Non, pardon, ma mère !

— Nous partons dans une semaine, ma chère enfant, intervient Bussy-Rabutin, un grand sourire aux lèvres. Je suis ravi que notre projet vous plaise, je suis sûr que vous serez fort bien à Vaux et que vous y apprendrez beaucoup, ajoute-t-il avec un clin d'œil qui échappe, fort heureusement, à Mme de Sévigné.

Françoise ne sait plus comment contenir sa joie. Une semaine ! Et pour trois mois au moins ? Elle n'en revient pas, c'est au-delà de ses espérances ! Elle danserait pour un peu, mais préfère garder une expression calme pour ne pas attiser la colère de sa mère. Celle-ci la regarde avec les larmes aux yeux, et cela émeut tant la jeune fille qu'elle se jette dans ses bras. Mme de Sévigné l'y accueille comme elle l'a fait si souvent avant la froideur des derniers mois, et la mère et la fille se serrent l'une contre l'autre en versant des larmes de douleur pour l'une et des larmes de bonheur pour l'autre !

Chapitre II

Les préparatifs du départ vont bon train : Françoise retrouve dans cette effervescence toute la joie de l'automne, lorsqu'elle se préparait pour son premier salon. Mais, cette fois, elle se sent prête, moins bébé, plus mûre. Elle court partout, fait ses malles avec soin, cajole sa mère pour qu'elle ne change pas d'avis et remercie Bussy-Rabutin chaque fois qu'elle le voit, c'est-à-dire au moins quinze fois par jour !

— Si vous me remerciez encore une fois, je vous laisse ici, Manon !

— Oh non ! s'écrie-t-elle, au désespoir.

— Allez, ne faites pas cette mine effrayée, la rassure le cousin un peu décontenancé par les larmes qui perlent à ses paupières. Je vous emmène, ne vous en faites pas !

— Oh ! Merci !

— Grr !

Françoise est si occupée et agitée qu'elle ne s'aperçoit pas du tout qu'elle rend trois personnes terriblement tristes. Charles, Fanchon et Tiphaine aimeraient tant partir avec elle ! Charles ne manque pas de réclamer auprès de sa mère le droit d'aller s'amuser aussi.

— J'ai presque douze ans ! Mère, s'il vous plaît !

— Ah non ! Vous, je vous garde !

— Mais pourquoi me détestez-vous tant, ma mère ?

— Charles ! Mais que racontez-vous, mon cher fils ? Je vous aime tant que je ne peux imaginer vous quitter des yeux un instant !

— Oui, c'est bien ce que je dis, grogne le garçon en s'éloignant.

Fanchon pleure en imaginant qu'elle pourrait partir si son bébé était venu plus tôt, et sa mère a bien du mal à la garder au lit. Elle croit qu'il descendra plus vite si elle saute et marche, ce qu'elle fait dès qu'elle le peut.

— Qu'est-ce que c'est que ce bruit, Jeanne ? demande Mme de Sévigné durant le déjeuner. On dirait qu'un pachyderme saute dans le grenier !

— Oh non ! C'est encore cette satanée gamine qui veut faire descendre son bébé ! Elle profite que je suis au service et que je peux pas la surveiller.

Tiphaine s'escrime à planter les arbustes et fleurs pour Françoise en rêvant qu'il l'accompagne dans ce château lointain, lui qui n'a jamais quitté la Bretagne.

— Mais, Tiphaine, ce n'est pas du tout ce que je t'avais demandé, s'étonne Mme de Sévigné, tu devais mettre les bleues ici et les jaunes là-bas !

— Ah, madame, je suis navré ! Je n'avais pas vu !

— Mais tu en as planté douze de chaque ! Comment as-tu fait pour ne rien remarquer !

La marquise finit par se plaindre à son cousin :

— Ils deviennent tous fous ! Je ne pensais pas dire cela, mais j'ai presque hâte de vous voir partir pour que ces folies cessent !

— Écoutez, cousine, si je ne peux emmener votre fils ni la soubrette, je peux du moins employer ce jeune homme utilement : j'ai besoin d'un valet de pied. Me prêteriez-vous Tiphaine ?

— Mais il n'a rien d'un valet de pied, enfin ! C'est un paysan mal dégrossi !

— Je le trouve assez malin pour ma part, et il nous suivra partout, votre fille aura un second chaperon.

— Je ne suis pas du tout certaine que ce soit une bonne idée, au contraire : il est trop familier avec ma fille, je voudrais que vous évitiez de les laisser ensemble.

— Je ne le prends pas comme valet pour qu'il lui conte fleurette ! Si vous préférez que je les éloigne, je ferai en sorte qu'ils ne puissent pas se voir souvent.

— Hmm... oui, j'imagine que je ne peux rien vous refuser ? répond Mme de Sévigné fâchée tandis que son cousin sourit d'un air plein de malice.

Il sait qu'il a gagné.

Si Mme de Sévigné voyait Tiphaine en train de comploter avec Françoise pour découvrir son secret, elle s'opposerait sans doute plus fermement à ce qu'il la suive ! La jeune fille est ravie pour sa part : c'est inespéré, elle aura son confident à ses côtés et elle se plaît tant en sa présence que sa dernière inquiétude, se retrouver seule dans ce monde d'adultes, s'envole.

Enfin, c'est le jour du départ. Le soleil est radieux, et les deux jeunes gens de même. Le père de Tiphaine a fait quelques difficultés pour laisser partir son fils, mais la promesse d'embaucher un autre garçon et la présence prochaine de Fanchon sous son toit lui ont suffi pour accepter la proposition de Bussy-Rabutin. Tiphaine a bien sûr évité de lui dire que Fanchon voulait repartir à Paris avec son bébé.

— T'es sûr que c'est c'que tu veux ? Devenir un valet ?

— Oui, père, je veux essayer. Peut-être que je reviendrai à l'automne en n'ayant plus du tout envie de faire cela, mais j'ai la chance d'essayer, ce serait bête de refuser ! Je serai payé, et ça vous fera une bouche de moins à nourrir, avec Maël qui va se mettre en ménage !

— Surtout si la jeune mademoiselle a besoin de toi !

Heureux d'avoir obtenu la bénédiction paternelle, Tiphaine sourit, debout devant la voiture. Il va pouvoir suivre sa Manon dans ses aventures à Vaux-le-Vicomte !

Mme de Sévigné a les yeux bien rouges, elle. Jeanne pleure à chaudes larmes à ses côtés, exprimant ce que sa maîtresse ne peut pas dire en se lamentant à propos des dangers de la route et de ce qui semble être à ses yeux une punition :

— Ma pauvre mademoiselle, partir si loin de sa mère ! Quelle pitié !

Françoise fait une mine de circonstance, mais pour l'heure elle est surtout enchantée. Bien sûr, cela lui cause de la peine de laisser son frère et sa mère aux Rochers, mais, après tout, ce n'est que trois mois ! Et tant de promesses ! Bussy-Rabutin observe l'ensemble avec amusement, lui qui est à l'origine de tout ce remue-ménage. Quand enfin ils partent, après moult embrassades, promesses de s'écrire et larmes essuyées plus ou moins discrètement, la jeune fille s'installe face au cousin de sa mère et l'observe tandis que lui ferme les yeux pour se laisser ballotter par la voiture. Tiphaine est avec le cocher devant. Ils se dirigent vers Malicorne, où Mme de Sévigné a l'habitude de s'arrêter et qu'elle a conseillé comme étape à son cousin.

— Cessez de me regarder, ordonne Bussy-Rabutin sans ouvrir les yeux.

— Mais ? Comment ?

— Je sens vos yeux sur moi, et ça m'empêche de dormir.

— Mais je…

— Je vous dirai ce que vous avez à savoir quand cela sera le bon moment.

— Ce soir ?

— Oh non ! Pas avant que nous ne soyons arrivés à Vaux ! Et encore ! Maintenant, taisez-vous, lisez, brodez, faites ce que vous voulez, mais laissez-moi dormir.

Françoise, déçue, se renfrogne et s'absorbe dans la contemplation du paysage. Elle ne s'attendait pas à devoir attendre si longtemps ! Pourquoi fait-il tant de mystères ?

Le voyage se passe sans heurts, sans intérêt non plus. Ils dorment dans des auberges accueillantes, mangent sur la route, s'ennuient terriblement.

Tiphaine et Françoise discutent dès qu'ils en ont l'occasion, quand Bussy-Rabutin n'est pas là, ou entre deux portes, avant que Tiphaine ne rejoigne les écuries, où il dort avec le cocher, mais le cousin ne leur laisse que peu de répit. Ce n'est pas tant pour respecter la parole donnée à Mme de Sévigné que parce qu'il a toujours quelque chose à réclamer à son nouveau valet. Tiphaine est content d'être avec Françoise, mais il s'inquiète un peu de son nouveau travail en constatant que le comte est aussi exigeant. De toute manière, sans nouveaux éléments, leurs hypothèses ne changent pas et leurs idées pour en savoir plus non plus. Il faudra bien attendre Vaux, il n'y a pas d'autre choix. Françoise écrit à sa mère tous les jours, en essayant de faire de son mieux, selon tout ce qu'elle lui a appris. Enfin, après quatre jours de voyage, le cocher annonce qu'ils sont en vue du domaine du surintendant. Leur arrivée déclenche autant de remue-ménage que leur départ des Rochers. La voiture s'arrête dans une très belle cour autour de laquelle deux terrasses attirent l'œil de l'apprentie jardinière qui y verrait bien des massifs de roses, et le château se dresse devant eux. Tandis que Tiphaine accompagne le cocher aux écuries, Bussy-Rabutin et Françoise admirent la façade qui semble les avaler tant elle est haute. En belle pierre de Creil, elle est chaleureuse, presque dorée, plus distinguée que les châteaux en brique comme on les faisait avant. Sur les côtés, les pavillons et corps de logis abritent sans doute les écuries puisque Tiphaine est allé par là, ainsi que les remises et ateliers. Une intense activité y règne, des serviteurs et des ouvriers entrant et sortant sans cesse par les multiples portes. Les bâtiments ne sont pas finis, le château est encore en construction ! Sur le fronton, deux belles statues sont placées face à face : Françoise reconnaît le dieu de la poésie, Apollon, et la déesse de la terre, Rhéa. Au-dessus, une coupole s'élève, et la jeune fille a hâte de voir le côté jardin. Un grand escalier mène à l'entrée. Une belle femme brune, enceinte jusqu'aux dents, vient les accueillir. Son ventre est si rond que Françoise se demande comment elle fait pour ne pas s'envoler ! C'est Marie-Madeleine de Castille, l'épouse de M. Fouquet, avec qui il a déjà eu quatre enfants, dont l'un est mort en bas âge. Mme Fouquet est une femme intelligente, qui sait réunir dans son salon les plus grands noms de l'époque. Tout cela, Françoise l'a découvert de la bouche de Bussy-Rabutin pendant le voyage, car elle n'y connaît rien. La maîtresse de maison les salue avec gentillesse :

— Cher ami, vous voilà enfin ! J'espérais bien vous avoir pour le dîner ! Et voici sans doute mademoiselle de Sévigné ?

— Oui, madame, je suis enchantée de vous rencontrer, fait Françoise avec une petite révérence.

— Et moi de vous accueillir pour l'été ! Nous allons vous faire découvrir le domaine et vous pourrez profiter de notre douce vie ici !

— Douce vie ? s'étonne Bussy-Rabutin. Avec l'intense activité qui y règne ?

— Oh ! Nous aimons avoir du monde, mais nous passons aussi beaucoup de temps au jardin. Le Nôtre nous sollicite sans cesse pour nous demander notre avis.

— Françoise se pique de jardinage, elle pourra vous donner le sien.

— Ah, merveilleux ! Vous verrez, nous avons aussi Molière qui répète sa prochaine pièce, La Fontaine qui erre dans les bosquets à la recherche de l'inspiration, et nous tiendrons salon en extérieur dès que le temps nous le permettra. Avril est encore trop froid, et, dans mon état, c'est trop risqué. Je vais d'ailleurs vous laisser vous installer, je vous retrouve au dîner. Vous êtes logés au premier étage.

— Merci, madame, de votre accueil si chaleureux, répond Françoise avec une nouvelle révérence.

— Qu'elle est charmante ! s'exclame Mme Fouquet avec enthousiasme.

Elle s'en sort bien, Bussy-Rabutin le lui confirme d'un clin d'œil. Alors que leur hôtesse descend au sous-sol, sans doute pour donner des consignes en cuisine, le cousin et la jeune fille entrent dans le vestibule carré qui donne sur la rotonde, au sud, et sur la salle à manger. Pendant qu'ils visitent les lieux, le cousin lui apprend les dernières nouvelles importantes de la cour pour qu'elle ne paraisse pas trop naïve ce soir : le frère du roi a été marié à Henriette d'Angleterre, sa cousine. Le roi veut régner lui-même et il n'a toujours pas nommé de Premier ministre, tout le monde s'attend à ce que ce soit Fouquet, mais un certain Colbert lui met des bâtons dans les roues. D'ailleurs, Fouquet est à Vincennes pour ses affaires et ne les rejoindra que le soir. Françoise serait bien avisée de ne pas lui parler de ce rival, qu'il appelle « couleuvre ». Fouquet aime, lui, être comparé à un écureuil. Persuadée qu'elle n'aura même pas l'occasion d'ouvrir la bouche avec ce cousin si bavard à son côté, Françoise s'amuse à observer les petits mammifères sur les tapisseries. Elle repère aussi la devise du propriétaire, *Quo non ascendet ?* qu'elle traduit immédiatement par : « Jusqu'où ne grimpera-t-il pas ? » Elle se réjouit de pouvoir lire le latin grâce à sa mère, et cela l'amène à penser à elle. Elle a dû prendre beaucoup sur elle pour la laisser partir. Françoise se demande même si elle n'y a pas consenti juste parce qu'elle se sentait menacée. Elle a pitié d'elle soudain : sa pauvre mère doit être bien triste. Un malaise envahit la jeune fille : elle culpabilise d'être aussi heureuse de se trouver là, à Vaux. Pourtant elle devrait se réjouir, et puis ce n'est quand même pas si grave de passer trois mois sans sa fille. Si ? Il faudra bien qu'elle s'y fasse, Françoise ne va pas rester pour toujours auprès d'elle ! Rassérénée, la jeune fille sourit.

— Ah, ça vous amuse ?! s'exclame Bussy-Rabutin.

Il est étalé devant elle, l'air vraiment pas content.

— Monsieur, ça va ? s'écrie un jeune homme fort bien habillé. Il vous faut faire attention, les travaux ne sont pas finis et des planches traînent partout !

En effet, le cousin s'est pris le pied dans un tas de bois.

— C'est que les peintres n'ont pas encore achevé la fresque, ajoute le jeune homme en désignant le plafond.

Françoise lève les yeux au ciel pour admirer le magnifique travail de Charles Le Brun, une fresque représentant le Temps et la Vérité sous forme d'un homme et d'une femme volant dans le ciel. C'est incroyablement beau et lumineux !

— Aucun de vous deux n'aurait l'idée de me relever ? Je suis vraiment bien à plaindre !

— Oh, pardon ! s'exclament en chœur les deux jeunes gens en aidant Bussy-Rabutin à se redresser et à s'épousseter.

— Je me suis écorché la main !

— Faites voir, lui demande le jeune homme en lui prenant le bras. Vous devriez la nettoyer pour éviter l'infection avec toute cette poussière.

— Qui êtes-vous ? demande Bussy-Rabutin en retirant prestement sa main.

— Pierre Corneille, pour vous servir !

— Quoi ? s'exclame Françoise. Vous êtes si jeune !

— J'ai presque dix-huit ans, quoique je ne sois pas grand pour mon âge, répond le jeune homme, vexé.

— Non, je... je veux dire que je ne pensais pas qu'une personne aussi jeune puisse écrire d'aussi grandes pièces ! bafouille Françoise.

Bussy-Rabutin éclate alors de rire :

— Ma pauvre enfant, mais ce n'est pas l'auteur que vous avez devant vous, mais son fils aîné ! Quelle ingénue vous faites !

Rouge de honte, Françoise se dit qu'elle n'aura pas tenu plus d'une demi-heure sans faire de bévue, mais Pierre Corneille lui prend la main délicatement et lui dit :

— Ne vous désolez pas, mademoiselle. Je suis très fier de votre méprise, car cela me prouve que vous aimez les pièces de mon père d'une part et que vous ne jugez pas les gens à leur âge : je suis jeune, il est vrai, mais « aux âmes bien nées la valeur n'attend pas le nombre des années[1] », et j'espère briller autant que l'auteur de mes jours !

— Quelle réplique ! s'exclame Bussy-Rabutin, moqueur. Vous l'avez prise à votre père, il me semble ?

— En effet, répond Pierre, sans nulle gêne. Puis-je vous accompagner dans votre visite ?

Ravie, Françoise acquiesce tandis que Bussy-Rabutin bougonne, pour la forme. Le jeune homme est charmant, elle le trouve beau et gentil. Ils font le tour du rez-de-chaussée et s'émerveillent dans la rotonde, une pièce immense, donnant sur les jardins. Il y fait froid cependant, car les baies sont ouvertes sur l'extérieur, et le vent qui tourne dans la grande pièce ronde fait frissonner Françoise. Pierre le remarque et lui propose d'achever la visite pour qu'elle puisse aller se reposer avant le dîner. La jeune fille accepte, déçue de le laisser, mais soulagée de pouvoir aller retirer ses souliers de voyage, qui la font souffrir.

1. Citation de la pièce de Corneille, *Le Cid*.

LA MAISON DE VAUX LE VICOMTE *appartenoit à Monsieur Fo*
1653. & a esté mise dans la perfection ou elle est auec vne promptitude & u
fait par Perelle

Vue du château de Vaux Le Vicomte,
du côté des jardins

Chapitre 12

Une fois dans la chambre qu'on lui a allouée, une petite pièce confortable où l'attendent ses malles, Françoise entreprend de ranger ses affaires afin de pouvoir se changer. Elle se demande ce que les trois mois à venir vont lui réserver. Elle n'oublie pas son objectif, découvrir le secret de sa mère, mais elle se rend bien compte qu'il va lui falloir un peu de temps avant d'enquêter et de fouiller partout ; déjà, il lui faut apprendre la géographie des lieux, se faire connaître et gagner la confiance des hôtes et des serviteurs afin de pouvoir poser des questions et retrouver, peut-être, les lettres de sa mère. Car elle est persuadée que tout doit être dit dans la correspondance qu'elle a entretenue avec le maître des lieux : si Françoise est la fille cachée de Fouquet, cela doit bien apparaître dans leur courrier ! Mais retrouver des lettres vieilles de quatorze ans ne va pas être facile. Elles ont peut-être été détruites, brûlées ou perdues… Elle aimerait bien en parler à Tiphaine, mais elle ne sait pas où il est ni où il va dormir. Et peut-être qu'ici ce sera moins facile de le retrouver qu'aux Rochers… Il va falloir qu'elle se montre observatrice et patiente. D'autant que Bussy-Rabutin n'a pas du tout l'air décidé à lui révéler quoi que ce soit malgré ce qu'il lui a fait croire… Est-ce qu'il n'a pas essayé tout simplement de l'attirer ici ? Mais pourquoi ? Tout cela est bien compliqué. Françoise est soudain interrompue dans ses réflexions par un cri.

— Mademoiselle ! Mais vous ne devriez pas faire cela toute seule ! s'écrie une femme de chambre qui vient de paraître sur le seuil.

Petite et ronde comme une boule, âgée de dix-huit ou dix-neuf ans, la jeune femme est rousse, avec une multitude de taches de rousseur sur le nez et les joues. Elle a un air si comique, mi-offusquée mi-consternée, que Françoise ne peut s'empêcher d'éclater de rire.

— Ah, mademoiselle ! Vous vous moquez de mon retard ? Vous avez bien raison ! Je ne savais pas que vous étiez arrivée et j'étais à l'office en train de préparer votre linge !

— Ce n'est pas grave, ne vous en faites pas !

— Oh, dites-moi tu, j'suis pas une dame ! Je m'appelle Julie et je suis votre femme de chambre.

— Bonjour, Julie. Je suis…

— Françoise de Sévigné, vous êtes la fille de la marquise, je sais bien ! Madame n'arrête pas de parler des dames qui fréquentent son salon, et j'ai déjà vu votre mère.

— Vous êtes à mon seul service ? s'étonne Françoise.

— Eh oui, dame ! C'est qu'on veut bien vous accueillir et que vous allez rester tout l'été, alors madame a dit que ce serait bien que vous ayez quelqu'un rien que pour vous !

— Ah, merci bien, c'est très aimable.

— Posez donc tout ça, j'me charge de le ranger.

Françoise est un peu décontenancée : Julie s'agite en tous sens, parlant vite et beaucoup, et elle ne sait pas trop quoi faire. Elle qui voulait être au calme, voilà qu'elle va devoir faire la conversation, quel ennui !

— Allongez-vous si vous voulez, ou si vous voulez que je vous aide à vous habiller ? Le dîner est dans une heure.

— Je vais m'allonger un peu, oui, répond Françoise, sautant sur l'occasion de la faire taire, le temps que vous sortiez mes affaires : je veux mettre ma robe jaune, et elle est rangée au fond.

— Attendez que je délace vos souliers ! Oh là là, mais vous avez les pieds tout gonflés ! Je vais vous les masser un peu.

— Ah mais… euh…

En deux temps trois mouvements, la soubrette a défait les souliers et commencé à lui masser les pieds. Françoise est un peu gênée, mais elle ne peut quand même pas lui arracher son pied des mains. Quelle poisse ! Attendant que ça passe, elle finit par se détendre et trouve finalement le massage si agréable qu'elle se laisse vite aller sur les coussins moelleux de son lit.

— Julie ! Quel plaisir ! Merci !

— Bon, ben, je vous trouve votre robe et je vais vous aider à l'enfiler.

Toujours aussi preste, la jeune femme retrouve la robe, relève Françoise, la déshabille, la rhabille, la coiffe, et hop, elle est prête ! Une vraie tornade ! La jeune fille n'est pas habituée à une telle énergie et elle ne sait pas trop que penser de cette boule de vivacité. De toute façon, elle n'a pas la possibilité de se le demander bien longtemps, car sa femme de chambre a tôt fait d'être partie, prétextant avoir oublié les draps. Françoise regarde le lit, il y a bien des draps pourtant… Pff ! Qu'importe, elle va bien avoir une demi-heure pour réfléchir au calme. Elle s'allonge, prenant garde de ne pas froisser sa robe, et retrouve le fil de sa réflexion : pourquoi Bussy-Rabutin l'a-t-il amenée ici ? Après un mois passé aux Rochers avec lui et les quatre jours de voyage qui viennent de passer, elle a bien eu le temps de constater qu'il n'est pas généreux comme son oncle l'abbé, ni franc et honnête comme Mme de La Fayette... Il ressemble plus à sa mère, qui semble toujours chercher ce qui se cache sous les mots de son entourage sans révéler le fond de sa propre pensée. Sauf que Françoise sait que sa mère pense la plupart du temps du bien des gens, si tant est qu'ils ne soient pas des serviteurs, alors qu'elle ne sait pas du tout ce que Bussy-Rabutin a en tête. Soudain, on frappe à la porte... Elle ne pourra décidément pas être tranquille !

— Manon ? C'est Tiphaine, entend-elle à travers la porte.

Elle se dépêche de lui ouvrir, et il se glisse dans la chambre comme un voleur.

— Mais qu'est-ce qu'il t'arrive ?

— C'est que... je ne suis pas supposé être là ! Je suis juste un garçon de ferme. Tout est si beau ici, c'est... c'est..., hésite-t-il en cherchant ses mots.

— C'est majestueux.

— Oui, c'est ça. C'est trop grand pour moi, je ne me sens pas à ma place. Je suis venu des écuries directement ici, j'ai déjà eu bien du mal à vous trouver, mais une jeune femme rousse qui courait dans le couloir m'a renseignée.

— Ne t'inquiète pas ainsi, tu es valet maintenant, tu peux te déplacer dans le bâtiment, je pense que tu risques plutôt d'avoir des problèmes parce que tu n'es pas avec Bussy-Rabutin en train de lui cirer les bottes ou va savoir quoi ! le rassure Françoise, enjouée.

Elle vient de réaliser que son atout le plus précieux est Tiphaine, qu'il va être au cœur des informations et qu'il pourra sans doute aller fureter là où il serait trop suspect de la trouver elle. Sauf s'il reste apeuré et coincé comme… un garçon de ferme ! Elle se rend bien compte que le changement doit être bien plus important pour lui que pour elle et qu'elle doit l'aider.

— Écoute-moi bien : tu vas aller à la chambre de mon cousin pour prendre ses instructions, puis tu demanderas aux autres valets comment tu dois t'habiller, où tu vas loger. Nous n'aurons aucun mal à nous voir, je ne te laisserai pas tomber, ne t'en fais pas !

— Merci, Manon, souffle Tiphaine avec soulagement. Je commençais à me dire que j'aurais dû rester aux Rochers.

— Mais non ! Tu vas voir, ça va être merveilleux ! s'exclame la jeune fille en essayant d'être enthousiaste.

— Oui, répond-il avec si peu d'entrain qu'elle s'aperçoit qu'elle ne l'a pas persuadé. Bon, ben, je vais faire ça. Je peux repasser vous voir ce soir ?

— Je ne sais pas combien de temps va durer le dîner, mais essaie donc, je serai contente de te raconter. D'accord ? Au pire, on se voit demain matin !

Le jeune homme quitte la chambre avec sur le visage un mélange de grimace et de sourire, et le teint un peu vert. Il n'est qu'au début de ses soucis ! Françoise s'assied à sa coiffeuse, vérifie ses cheveux et pousse un soupir quand on l'interrompt pour la troisième fois. C'est Bussy-Rabutin qui entre sans attendre sa réponse.

— Ah, vous voilà ! Je cherche tout le monde ici : mon valet est perdu quelque part, vous êtes cachée dans votre chambre, Mme Fouquet s'est retirée, et le maître de maison est encore à Vincennes.

— Et vous vous ennuyez ? demande Françoise avec impertinence.

Elle n'a pas oublié qu'il s'est moqué d'elle.

— En effet ! Je suis venu vous chercher pour que nous allions dîner. Et j'ai des choses à vous dire.

— Enfin ! ne peut s'empêcher de s'exclamer Françoise.

— Tout doux, mademoiselle ! Je veux juste vous donner des instructions sur votre tenue ce soir à table.

— Ne suis-je pas bien habillée ?

— Je ne parle pas de vos vêtements, mais de votre comportement. Cela dit, en parlant de robe, dit-il en la jaugeant, je trouve celle-ci bien sage !

— Comment ça ?

— Eh bien, vos bras sont couverts et on ne voit pas votre gorge, que je devine fort belle, pourtant !

Françoise rougit d'un coup, elle est affreusement gênée.

— Mais… ma mère…, balbutie-t-elle.

— Votre mère ? Elle croit que vous êtes encore une enfant !

— Je… je n'ai que quatorze ans !

— Oui, et à cet âge-là la reine Margot avait déjà trois amants ! lance Bussy-Rabutin en riant. Mais nous n'en sommes pas là : parlons du dîner et de la discussion qui ne manquera pas de suivre au salon. Il y a du beau monde ce soir.

Françoise ne sait que répondre et se tait donc, écoutant les recommandations de son cousin pour ne pas dire de bêtises durant la soirée, tout en avançant avec lui vers la salle à manger. Elle essaie de retenir les noms qu'elle ne connaît pas, mais elle s'aperçoit vite que la plupart sont des amis de sa mère, qu'elle a déjà croisés ou dont elle a entendu parler. Elle est particulièrement ravie d'apprendre qu'il y aura le célèbre Corneille, et donc sûrement son fils, mais aussi Madeleine de Scudéry, dont elle a lu avidement *Le Grand Cyrus*, sur les conseils de sa mère. Elle pense un peu à elle et se dit qu'elle aura bien des choses à lui écrire. Mais demain !

Chapitre 13

Dans la salle, il y a déjà foule : la table est longue, les places nombreuses. Mme Fouquet navigue d'un groupe à l'autre pour accueillir chacun au mieux, énorme et cependant gracieuse, comme un de ces navires au gros ventre mais aux mâts élancés.

— Chère Françoise ! Êtes-vous bien installée ? Je vous ai choisi une de mes meilleures femmes de chambre. Vous convient-elle ?

— Oh oui, merci madame ! répond la jeune fille. Ma chambre est très agréable, et Julie est… énergique ?

— Oh oui, elle semble avoir bu trop de cette boisson nouvelle, ce « café » qui nous vient des Amériques. Pour ma part, je préfère le chocolat. Qu'en pensez-vous ?

— Je n'en ai jamais goûté, avoue Françoise, gênée de montrer dès l'abord qu'elle ne connaît rien à ce monde, même pas le chocolat.

— Oh ! Eh bien, je vais demander que l'on nous en serve au dessert, j'aurai ce bonheur de vous avoir fait goûter pour la première fois cette merveille.

La maîtresse de maison repart alors, et Françoise comprend qu'elle a trouvé ce prétexte de parler au maître d'hôtel du chocolat pour en fait aller saluer quelqu'un de plus important qu'elle. Bussy-Rabutin la lâche aussi, et Françoise avance, timide, parmi les groupes, sans savoir que faire. Elle cherche Pierre Corneille, seule autre personne à qui elle ait le courage de parler, mais elle ne le voit nulle part. Soudain, on l'appelle :

— Mlle de Sévigné ? Ça alors, quelle bonne surprise !

C'est Mme de La Fayette, elle s'approche, superbe, s'éventant avec grâce.

— J'ai reçu ce matin une lettre de votre mère qui m'annonçait votre venue, je ne pensais pas que vous seriez déjà là ! s'étonne-t-elle, avec bienveillance.

— La lettre a dû faire le même chemin que nous, car nous sommes arrivés tout à l'heure, répond la jeune fille en essayant d'être la plus avenante possible, pour faire bonne impression.

— Oh non, le courrier va bien plus vite, elle avait déjà reçu vos deux premières lettres. La pauvre femme, elle était si triste de vous avoir laissée partir ! minaude l'amie de sa mère. Savez-vous que j'ai sa lettre sur moi, je pensais la lire à nos amis tout à l'heure et nous pourrions lui répondre ensemble pour la rassurer, n'est-ce pas ?

— Oui, répond Françoise, très gênée à l'idée d'être ainsi mise au centre de l'attention, et craignant plus que tout d'entendre ce qu'a bien pu dire sa mère.

La poisse !

— Vous avez l'air vous-même si triste, ma pauvre amie. Quelle idée a eu ce Rabutin de vous amener ici ! Je m'en vais lui dire mon sentiment, fait Mme de La Fayette d'un ton faussement fâché.

— Non ! Non, je… je suis contente d'être ici, ne le blâmez pas, s'il vous plaît, implore Françoise.

— Comme vous voudrez. Mais sachez que vous pouvez venir me retrouver à Paris quand vous le voulez, nous ne sommes qu'à une heure avec de bons chevaux. Et je viens ici au moins une fois par semaine. Vous êtes arrivée le bon jour, c'est le soir où notre ami reçoit, ajoute-t-elle sur le ton de la confidence.

— Que se passe-t-il le reste de la semaine ? interroge Françoise, en essayant de prendre un ton dégagé pour montrer qu'elle est à l'aise.

— Ici ? répond soudain une autre femme qui vient de les rejoindre et que Françoise reconnaît immédiatement comme étant Madeleine de Scudéry. Oh, bien des choses ! L'on achève les travaux, l'on visite les jardins, l'on va voir la troupe de Molière qui travaille à un nouveau spectacle au théâtre de verdure, l'on se baigne et l'on prépare les fêtes, nombreuses, qui se tiennent ici. Parfois tout le monde se retrouve à Fontainebleau avec la cour. Mais, depuis la mort de Mazarin, il ne se passe pas grand-chose. Il semble pourtant que cela ait changé avec le mariage de Monsieur, le frère du roi, avec Henriette d'Angleterre.

— Pourquoi ? s'étonne la jeune fille.

— Oh, répond Mme de La Fayette d'un air entendu, la jeune Madame[1] est une femme qui ne demande qu'à faire la fête et elle n'a que faire du deuil de Mazarin : il a refusé de les aider, elle, son frère, leur mère, lorsqu'ils ont été chassés d'Angleterre. Mais, depuis que Charles a repris le trône, notre roi se rappelle qu'il est son cousin et il est ravi d'accueillir Henriette en France, d'autant qu'elle est très jolie.

— Pensez-vous que le roi la voudra dans son lit ? demande Madeleine de Scudéry sans aucune gêne.

— N'est-ce pas son frère qu'elle a épousé ? s'étonne Françoise.

1. À la cour, « Madame » est le titre donné à la belle-sœur du roi. Le frère du roi est appelé « Monsieur ».

— Chère enfant, tout le monde sait que Monsieur préfère la compagnie de son chevalier de Lorraine ou du comte de Guiche. Notre roi, par contre... il ne sait pas résister à une belle figure si tant est qu'elle soit accompagnée d'un bel esprit. Sa pauvre femme n'étant dotée de l'un ni de l'autre, il n'hésite pas à aller trouver son bonheur ailleurs...

Françoise est étonnée de ces révélations, du franc-parler de Scudéry et puis elle se dit qu'elle passe une fois de plus pour une ingénue, mais le franc sourire de Marie-Madeleine de La Fayette la rassure.

— C'est normal que vous n'en sachiez rien, vous venez d'arriver. Ne vous inquiétez pas, je vais vous aider ! Venez donc vous asseoir entre nous deux, nous passons à table.

Tout le monde s'installe, ils sont au moins trente. Bussy-Rabutin lui fait face, Pierre n'est pas là. Une fois qu'ils sont tous assis, Françoise s'aperçoit que la place du maître de maison reste vide.

— M. Fouquet n'est pas arrivé ? demande-t-elle à sa voisine.

— Non, il est souvent en retard ces derniers temps : le roi lui demande beaucoup d'argent pour organiser les noces et il passe ses journées dans les papiers. Mais il ne devrait pas tarder. Vous devez être pressée de le voir !

— Oui…, répond-elle, hésitante. Pourquoi dites-vous cela ?

— Oh, j'imagine que vous êtes curieuse de découvrir le deuxième maître de notre royaume.

— L'on dit qu'il en est le premier…, susurre Madeleine de Scudéry.

Un bruit se fait lorsque l'homme dont elles parlent paraît enfin. Il est rayonnant quoique ses traits tirés révèlent de la fatigue. Il s'installe en bout de table et à peine assis se relève, un verre à la main, pour porter un toast.

— Mes chers amis ! Quel bonheur de vous voir réunis ici ce soir ! Ma chère femme, merci d'avoir su accueillir chacun. Bienvenue, monsieur de Bussy-Rabutin, et merci d'avoir convaincu votre chère cousine de nous envoyer sa fille, ce joyau que je découvre enfin !

Françoise le regarde avec avidité : il semble ému de la voir, ou est-ce son imagination qui lui joue des tours ? Elle réalise à peine et, soudain, elle est frappée par ce dont elle prend conscience : peut-être contemple-t-elle son père pour la première fois ? Il est beau encore pour son âge, il est élégant, il dégage une aura énergique, et l'intelligence se lit dans ses yeux vifs. Elle est sous le charme. Il lui est bien difficile de détacher son regard de lui pour manger, d'autant qu'il la regarde lui aussi par moments, une expression indéchiffrable sur le visage.

— Chère enfant, mangez donc un peu, il vous faut reprendre des forces après ce voyage, lui dit Mme de La Fayette, avec gentillesse.

Françoise avale un peu de potage, un bout de friand et une tranche de rôti, mais elle n'a pas vraiment faim de nourriture : elle est bien plus affamée d'informations et de secrets ! Cependant, quand au dessert on lui apporte une tasse d'un liquide chaud, brun et délicieusement odorant, elle quitte un bout de la table des yeux pour l'autre, où Mme Fouquet lui sourit, ravie d'avoir tenu parole.

— Du chocolat ! s'écrie Bussy-Rabutin. Quel honneur vous nous faites ! Savez-vous que les rois de ces pays lointains d'où nous vient le cacao en avaient fait leur boisson sacrée ?

— C'est donc un mets de roi que vous nous servez là, Fouquet, dit un autre homme, cela vous sied bien !

Françoise se dit qu'elle a été injuste tout à l'heure et qu'elle n'est pas si insignifiante qu'elle le pensait aux yeux de ces gens puisque la maîtresse de maison lui fait un cadeau aussi précieux. En goûtant la tasse de chocolat, elle est étonnée, et même subjuguée : c'est complètement nouveau, délicieux. Elle sirote pour ne pas passer pour une gloutonne une fois de plus, mais elle arrive trop vite au bout de son merveilleux dessert et elle se dit qu'elle ne pourra plus s'en passer ! Elle se concentre un peu plus sur ce qui se dit autour d'elle : la conversation porte sur le château et les travaux entrepris par Fouquet. Madeleine de Scudéry s'adresse alors à Françoise :

— En effet, il ne faut pas s'imaginer que Vaux soit un de ces lieux que la nature embellit toute seule ; au contraire, on peut dire sans exagération que Fouquet l'a entièrement changé, et qu'il n'y a pas un endroit où il n'ait ajouté quelque nouvelle grâce[1].

— Chacun sait que ce grand ministre n'est pas moins le surintendant des Belles Lettres que des Finances, ajoute l'homme qui a parlé tout à l'heure, et que sa maison est aussi ouverte aux gens d'esprit qu'aux gens d'affaires..., mais tout le monde ne sait pas que sa bonté s'est étendue jusqu'à ressusciter les Muses ensevelies dans un long silence[2].

Françoise qui n'a pas compris la moitié de ce qu'il vient de dire se penche aussi discrètement que possible vers sa voisine pour lui demander qui est ce monsieur. Mme de La Fayette lui répond qu'il s'agit de Corneille, le père, et que Fouquet

---

1. Extrait de *Clélie*, histoire romaine de Madeleine de Scudéry.
2. Extrait de la préface d'*Œdipe* de Pierre Corneille.

l'apprécie beaucoup. La conversation se poursuit jusqu'à ce que chacun rejoigne le salon, où l'on propose de partager les nouvelles des amis lointains. Le moment redouté par la jeune fille arrive lorsque Mme de La Fayette exhibe la lettre de sa mère :

— Vous serez tous heureux d'entendre les dernières nouvelles de Bretagne, d'où nous vient notre petite protégée.

— Ah, merveilleux ! s'exclame Bussy-Rabutin. Une lettre de ma cousine !

Fouquet ne dit rien mais se montre très attentif, et Françoise se demande quelle posture adopter. Mme de La Fayette commence sa lecture, et la jeune fille a l'impression de fondre de l'intérieur au fur et à mesure, tant elle est gênée :

Ma fille m'a écrit chaque jour de son voyage, mais je n'en ai reçu que deux, de ces aimables lettres qui me pénètrent le cœur ; il y en a une qui va arriver bientôt, sans doute. Elles sont premièrement très bien écrites, et de plus si tendres et si naturelles qu'il est impossible de ne les pas croire. La défiance même en serait convaincue. Elles ont ce caractère de vérité que je maintiens toujours, qui se fait voir avec autorité, pendant que le mensonge demeure accablé sous les paroles sans pouvoir persuader ; plus elles s'efforcent de paraître, plus elles sont enveloppées. Les siennes sont vraies et le paraissent. Ses paroles ne servent tout au plus qu'à expliquer le voyage et, dans cette noble simplicité, elles ont une force à quoi l'on ne peut résister. Voilà, ma bonne, comme ses lettres m'ont paru. Mais quel effet elles me font, et quelle sorte de larmes je répands !

Pour moi, il me semble que je suis toute nue, qu'on m'a dépouillée de tout ce qui me rendait aimable. Je n'ose plus voir le monde et, quoi qu'on ait fait pour m'y remettre, j'ai passé tous ces jours-ci comme un loup-garou, ne pouvant faire autrement. Peu de gens sont dignes de comprendre ce que je sens. J'ai cherché ceux qui sont de ce petit nombre, et j'ai décidé de vous écrire.

Le propre jour de son départ, j'étais si affligée et si accablée que j'étais même incapable de chercher de la consolation en vous écrivant. La pensée qu'elle s'éloignait pour un temps si long, et de voir que ce *carrosse allait toujours en delà, est une de celles qui me tourmentent le plus. Peut-être qu'à Vaux elle sera si étourdie de tous les honneurs qu'on lui fera qu'elle n'aura pas le temps de lire tout ceci. Ayez vous-même celui de demander toujours de ses nouvelles, et comme elle se porte, et son aimable visage que j'aime tant.*[1]

Les compliments de sa mère, l'étalage de sa peine et le dernier paragraphe sur les honneurs qu'elle peut recevoir, tout lui semble indécent : comment sa mère peut-elle, sans honte, s'exhiber ainsi ? Un « loup-garou » ? Et puis quoi encore ? Françoise est en colère, elle n'ose regarder personne. Pourtant quand elle lève les yeux, toute rouge, elle constate avec surprise que chacun la regarde avec tendresse.

— Chère enfant, votre mère, que nous aimons tant, fait de vous un portrait si beau que nous sommes conquis d'avance, vous pourrez le lui écrire pour la rassurer ! s'exclame Madeleine de Scudéry.

— Vous êtes bien chanceuse d'avoir une mère aussi aimante, ajoute Mme de La Fayette.

---

1. Vraie fausse lettre de Mme de Sévigné, légèrement transformée pour l'occasion.

— Je suis touchée par sa douleur, elle la peint si justement, souligne Corneille.

Françoise n'en revient pas.

— Elle dit quelque chose de très juste et qui m'a beaucoup plu, reprend Madeleine de Scudéry, c'est que la simplicité fait la force d'un écrit.

— Il faut bien quelques artifices, faire des effets, parfois cependant, la contredit un autre invité que Françoise reconnaît finalement, comme étant La Fontaine.

— Point trop n'en faut : on ne peut pas feindre le naturel !

— Je pense qu'au contraire les plus grands écrivains sont ceux qui font le mieux semblant d'être naturels. Je crois même qu'une sim-plicité qui ne serait pas soutenue par quelques effets de style ne donnerait pas cette impression de naturel.

— Qu'en pensez-vous, Françoise ? Avez-vous, dans ces lettres, écrit simplement ou avec quelques techniques pour rendre votre récit plus convaincant ?

— J'ai essayé de mêler les deux, de décrire des éléments simples, vrais, avec les sensations les plus réelles, mais en les agençant sur ma page pour qu'elles s'accordent bien. Ma mère m'a appris que la construction des phrases est aussi importante que leur contenu.

Portrait de Nicolas Fouquet

— C'est tout à fait vrai !

— Pour le vocabulaire, je crois qu'il faut rester simple aussi, qu'un mot juste vaut mieux qu'une longue phrase. Mais cela demande beaucoup de précision !

— Bien dit, mademoiselle !

Françoise n'en revient pas, elle est écoutée et on approuve ses paroles ! Et pas n'importe qui ! De vrais écrivains ! Du coup, elle continue, plus sûre d'elle :

— Enfin, je n'ai pas essayé d'expliquer ce que je ressentais dans le détail, mais de peindre mes sentiments à travers le paysage.

— Quelle belle idée ! C'est ce que je fais dans *Le Songe de Vaux*, s'écrie La Fontaine, enthousiaste.

Ensuite, tout le monde poursuit le débat sur ce qui constitue une bonne lettre ou non, et Françoise commence à comprendre pourquoi cela est si important pour sa mère : écrire une lettre est un geste d'amour ou d'amitié qui demande autant de soin que l'on a de sentiments pour la personne. Il ne s'agit pas seulement de lui donner des nouvelles, mais aussi de lui faire passer un moment agréable qui vous remplace le temps d'une lecture, donne l'impression que vous êtes là. L'absence est moins cruelle grâce aux lettres ! Enfin, chacun rentre chez soi ou va se coucher. Françoise, prise dans le flot, n'a pas la possibilité d'approcher Fouquet et elle rejoint sa chambre, épuisée. Julie, un peu plus calme que durant l'après-midi, la déshabille et la couche avec gentillesse. Finalement, son été à Vaux-le-Vicomte est bien parti !

Chapitre 14

Les jours qui suivent, Françoise ne voit pas Fouquet en dehors des repas, il semble si occupé et même préoccupé qu'elle n'a pas l'occasion d'aller lui parler. Pourtant elle prend confiance en elle et hésite de moins en moins à parler aux nombreux convives du château. Il y a un trafic incroyable : ils sont toujours au moins dix à table, quand ce n'est pas vingt ou trente, la moindre promenade au jardin réunit douze personnes, tout comme les discussions au salon. Pierre Corneille ne réapparaît pas, son père non plus. La Fontaine, par contre, est là presque en permanence ainsi que d'autres amis de Fouquet et son frère, l'abbé Fouquet. Ils se régalent tous des excellents repas que leur prépare Vatel, le maître d'hôtel de la maison, un génie de la marmite et des petits plats. Mmes de La Fayette et de Scudéry ont quitté Françoise en la prévenant qu'elles ne reviendraient pas avant le samedi suivant. Il n'y a pas grand monde de son âge : les enfants de Mme Fouquet sont petits et, même s'ils sont mignons, cela n'amuse pas très longtemps Françoise de s'occuper d'eux. Elle le fait cependant parce qu'elle se sent redevable de la gentillesse de Mme Fouquet et les promène au jardin, où elle leur nomme les fleurs et les papillons qu'ils réussissent à attraper avec leur filet. Elle y traîne autant qu'elle le peut pour essayer de croiser Le Nôtre, mais elle n'arrive pas à le trouver. Quand elle se renseigne auprès de Julie, celle-ci lui répond qu'il est sans doute parti quelques jours. Elle n'en tire rien de plus. Quant à Tiphaine, elle le croise sans cesse sans qu'il ait jamais le temps de lui parler : Bussy-Rabutin exige sa présence constante, et ses caprices sont nombreux. Ils échangent parfois quelques mots, mais guère plus.

— Pourquoi ne viens-tu pas me voir ?

— C'est que je suis épuisé ! Et je ne peux pas m'éloigner trop de votre cousin, il peut avoir besoin de moi n'importe quand…, soupire-t-il en bâillant. Tenez, il m'a réveillé à grands cris au milieu de la nuit pour avoir une tisane de romarin. Comme il n'y avait personne aux cuisines, j'ai dû sortir dans le potager avec une lanterne afin de trouver ce fichu romarin et lui rapporter.

— Et il était content au moins ? demande Françoise.

— Pensez-vous ! Il a tout recraché en disant que ce n'était pas du romarin, mais de la lavande.

Françoise éclate de rire, mais déjà son cousin appelle Tiphaine de l'autre côté du salon. Elle le regarde partir, les épaules basses, dans sa livrée de valet. Elle n'a pas avancé d'un pouce dans son enquête : elle n'est presque jamais seule, car Mme Fouquet la veut toujours auprès d'elle, comme une demoiselle d'honneur. Cela est plaisant de se sentir importante, mais elle ne peut pas fureter dans le château selon son bon plaisir, car son hôtesse reste le plus souvent assise à lire ou à broder quand elle n'est pas en train de converser avec toutes les femmes qui l'entourent. Sa grossesse les occupe beaucoup, elles passent leur temps à raconter leurs propres expériences, et Françoise se sent bien étrangère à tout ce babillage. Elle trouve tout cela assez ennuyeux. Repensant à la mine triste de Tiphaine, elle se demande si ces trois mois ne vont pas être longs, finalement, tant pour lui que pour elle. Quand elle peut s'isoler, c'est dans sa chambre, pour écrire à sa mère, ce que lui accorde toujours Mme Fouquet avec tendresse, s'exclamant qu'elle est une bonne fille et demandant à lire les lettres avant qu'elles ne partent pour les Rochers. Les réponses de Mme de Sévigné sont lues en public dans ces assemblées de femmes qui s'extasient de sa belle plume.

— Quelle femme vertueuse ! s'écrie Mme de Charrost.

— Admirable, elle est d'une sincérité touchante ! s'exclame Mme du Plessis-Bellière.

— Je doute, intervient Mme Vanel que Françoise n'aime pas trop, qu'elle soit si sincère…

— Que voulez-vous dire ? lui demande sa voisine, étonnée.

— Eh bien, j'ai bien de la peine à penser qu'une aussi belle veuve reste pure et vertueuse alors que son époux l'a quittée depuis si longtemps…, persifle Mme Vanel.

— Voyons, intervient Mme Fouquet, comment pouvez-vous insinuer cela devant notre Françoise ? Mme de Sévigné est un modèle de vertu, personne ne lui connaît d'amant, et je ne tolère pas que vous insinuiez le contraire.

— Comme il vous plaira, madame, répond la vipère avec hypocrisie.

Françoise est choquée qu'on parle ainsi de sa mère, mais elle n'en montre rien : depuis une semaine, elle a pu constater à quel point les rumeurs et ragots vont bon train. On parle beaucoup des amours du roi avec Madame. Personne n'est épargné, et elle s'aperçoit que sa mère l'a protégée jusque-là. Pourtant, elle a bien dû connaître tout cela lorsqu'elle était à la cour. On se moque des uns et des autres, et la vertu des dames est souvent contestée : qui a un amant, qui en cherche un, qui a été quittée et pour qui, c'est le principal sujet de conversation. Françoise est épargnée, car elle passe encore pour une petite fille dans ses robes sages, mais Bussy-Rabutin a fait venir un tailleur pour lui créer des robes qui mettent ses formes plus en valeur. Gênée, elle n'a pas osé refuser : elle n'a pas envie de se montrer à son désavantage, et la promesse de ces nouvelles robes lui met l'eau à la bouche bien qu'elle craigne qu'un changement dans ses habits n'attire des commentaires désagréables. Cependant, elle ne va quand même pas s'interdire d'être mise en beauté ? Elle ne peut pas écrire cela à sa mère pour lui demander conseil, car rien de ce qu'elle écrit ou reçoit comme réponse ne reste privé. Quoique cela la mette mal à l'aise, elle se résout à demander à Julie : elle verra bien si elle peut compter sur sa discrétion pour des affaires plus importantes.

— Dites-moi, Julie, vous savez que je suis un peu seule ici sans ma mère…

— Ma pauvre mademoiselle, je vois bien que vous êtes souvent mélancolique, lui répond-elle, avec un air de grande peine qui semble plutôt comique tant ses boucles sautillantes et ses yeux brillants contrastent avec son ton chagrin.

— J'aurais besoin de vous pour différentes choses qui pourraient m'aider.

— Je ferai tout ce que je peux pour vous rendre le sourire, affirme Julie.

— Eh bien, tout d'abord… j'ai besoin de conseils féminins, dit Françoise, hésitante.

— Quoi ? Avez-vous un problème ? Êtes-vous… êtes-vous enceinte ? — Oh non, grands dieux ! Et je n'ai aucune envie que cela m'arrive avant d'être mariée, ce qui d'ailleurs me semble fort lointain !

— Ah, vous me rassurez !

— Pourquoi croyez-vous que je pourrais être… enceinte ? ose la jeune fille.

— Oh, mademoiselle, cela arrive, ces choses, et je ne sais pas si vous avez un amant.

— Un amant ! Mais non ! Je ne suis pas de ce genre-là ! se révolte Françoise.

— Belle comme vous êtes, vous devez être courtisée, pourtant ?

— J'arrive de chez ma mère, je n'ai rien vu, je suis innocente et je n'ai pas d'amant. Et, surtout, je n'en veux pas !

— Pourquoi cela ?

— Mais… parce que ça ne se fait pas, dit Françoise, très gênée.

— Ah, alors, vous êtes vraiment vertueuse, excusez toutes mes questions !

— Vous en doutiez ?

— Je vois passer bien des femmes, répond Julie, j'entends bien des histoires, et une jeune fille aussi belle qui vient passer trois mois ici, cela peut sembler louche, excusez mon langage, mais je ne sais pas faire autrement que d'être franche.

— Vous croyez que je suis venue pour me trouver un amant ?

— Sans doute un mari plutôt, puisque vous avez l'âge, affirme la jeune femme. N'est-ce pas pour cela que votre mère vous a fait faire le voyage ?

— Ah non, certainement pas ma mère !

— Le comte de Bussy-Rabutin alors ? Il me semble avoir des idées derrière la tête, si je puis me permettre, mademoiselle.

— Je ne crois pas…, je ne sais pas en fait. Je me sens perdue : il veut que je m'habille plus… plus comme une femme, avoue la jeune fille en rougissant.

— Donc, vous pensez qu'il veut vous prendre pour maîtresse ?

— Oh non ! Quelle horreur, c'est mon cousin ! s'offusque Françoise.

— Ça s'est déjà vu… Peut-être veut-il vous présenter quelqu'un ? Il y a une fête la semaine prochaine.

— Croyez-vous que je doive accepter de changer mes tenues ?

— Ben… vous avez l'air d'une petite fille comme ça, c'est sûr que vous seriez plus jolie avec des robes décolletées. Mais c'est sûr aussi que les messieurs vous regarderont plus dans les yeux…

— Et c'est mal ? s'affole Françoise.

— Non, pas forcément, si vous savez leur résister !

— Mais oui, oui, évidemment ! gémit Françoise, complètement tourneboulée.

— Vous en faites pas comme ça, mademoiselle, je vous aiderai, la rassure Julie qui s'aperçoit de sa confusion.

Chapitre 15

Françoise met deux jours à se remettre de cette conversation. Dans quel piège est-elle donc tombée ? Elle pensait que Bussy-Rabutin l'avait amenée pour rencontrer son père, que celui-ci avait exigé de la rencontrer, c'était bien ce qui était dans la lettre brûlée, pourtant ! Et Julie qui croit que c'est pour la marier ! Mais avec qui ? Est-ce que Fouquet a prévu un parti pour elle en tant que père ? Elle est si mélancolique et apathique pendant ces deux journées que Mme Fouquet qui a prévu de passer la journée au jardin à pique-niquer lui propose de garder la chambre. Le troisième jour, la voilà donc libre dans le château. Elle a alors un sursaut de volonté et décide d'aller fouiller dans le bureau de Fouquet, qui est absent comme à son habitude, pour chercher dans son courrier. Tiphaine est parti avec tout le monde, il n'y a plus grand monde au château si ce n'est au sous-sol dans les cuisines, où se prépare le dîner du soir. Elle a repéré la pièce et elle avance d'un pas décidé. Il lui faut passer par l'enfilade de pièces qui composent les appartements pour arriver à ce fameux cabinet, où elle espère trouver les lettres. Elle espère qu'elles ne sont pas à Saint-Mandé, où il a une maison ! Elle avance… Personne dans les appartements. Elle arrive enfin à la fameuse pièce, ouvre la porte doucement et se faufile à l'intérieur. Sur le bureau, des portefeuilles en cuir s'entassent, le tout dans un certain désordre. Elle y jette un coup d'œil, sans conviction, car elle se doute bien que des lettres anciennes ne figurent pas dans ce bazar récent. Elle ouvre les tiroirs, trouve des quantités de courriers… Comment s'y retrouver ? Elle essaie de reconnaître l'écriture de sa mère dans tout ce fatras et, enfin, tombe dessus dans le dernier tiroir ! C'est un rouleau de lettres nouées par un ruban, elle peut lire les premiers mots :

À Paris, juillet 1652

Nicolas,

Je vous dis encore une fois que je sens ma conscience si nette que…

— Mademoiselle ? Mais qu'est-ce que vous faites là ? s'exclame soudain une voix connue derrière elle.

— Ah… euh…, hésite la jeune fille en faisant volte-face, cachant derrière elle le rouleau de lettres. Julie, je…

— Vous vous êtes perdue ?

— Non, euh…

— C'est un peu bizarre que vous soyez là, tout de même ! Je vous croyais souffrante !

Françoise ne voit absolument pas comment se sortir du pétrin. Prise d'une inspiration subite, elle fait semblant de s'évanouir, en tombant sur le ventre pour glisser les lettres dans son corsage. Elles sont écrasées, mais à l'abri. Julie pousse un grand cri et appelle à l'aide. Zut, tout le monde va savoir qu'elle était là… Vite, trouver un prétexte… Le plafond ! Il est peint, il est superbe, encore une œuvre de Le Brun. Voilà ce qu'elle pourra dire, en espérant qu'on la croie ! Des valets la transportent dans sa chambre, et, là, Julie veut délacer sa robe. *Non !* Elle s'agite, la repousse, fait semblant de se réveiller et s'écrie :

— Non, non, laissez-moi seule ! Je veux être seule !

Elle ne joue pas trop mal la comédie parce que tout le monde sort de la pièce. Elle peut cacher ses lettres dans son propre secrétaire, sous les courriers de sa mère. Toutes aplaties, elles ne se remarqueront pas ! Elle a à peine le temps de se recoucher que

Mme Fouquet accourt avec toutes ses dames. Il y a soudain foule dans la chambre, et Françoise est interrogée, plainte, caressée et choyée :

— Mais que faisiez-vous là ? demande l'une.

— Vous êtes-vous cogné la tête ? interroge l'autre.

— Avez-vous mangé quelque chose qui vous aurait rendue malade ? intervient une troisième.

— Je voulais me promener un peu, explique Françoise, parce que j'étouffais dans ma chambre, mais j'avais peur d'avoir froid dehors et je désirais secrètement voir les plafonds des appartements, dont on m'a dit le plus grand bien. J'aime tant la peinture !

— Oh, quelle sensibilité ! La beauté des peintures de Le Brun l'aura fait s'évanouir ! s'écrie Mme du Plessis-Bellière.

— Ou est-ce la nudité d'Hercule ? susurre Mme Vanel qui ne perd pas une occasion d'être désagréable.

— Je suis désolée d'avoir fait cette bêtise, s'excuse la jeune fille, feignant une grande gêne.

— Mais non, ma chère enfant, ne vous excusez pas ! s'exclame Mme Fouquet. J'aurais dû vous les montrer moi-même. Par contre, promettez-moi de me dire tout ce qui vous fait envie, considérez-moi comme votre propre mère le temps de votre séjour !

— Merci, madame, vous êtes si bonne !

— D'ailleurs, vous dormirez dans ma chambre ces prochains jours, mes femmes de chambre et moi-même pourrons ainsi surveiller votre état. Je m'inquiète de cet évanouissement et je ne veux pas qu'il vous arrive malheur !

Françoise est catastrophée : dormir chez Mme Fouquet, alors qu'elle a les lettres ici ? Déjà qu'elle n'a pas un moment à elle… Il faudra qu'elle prétexte un courrier à sa mère pour revenir dans sa chambre ! On la transporte dans la chambre de Mme Fouquet, où elle est couchée sur un lit d'appoint. On lui apporte des livres, des mignardises et l'on s'installe avec elle. C'est reparti pour des ragots et des persiflages : la cour est à Fontainebleau, et chacune y va de sa rumeur ! Françoise prend son mal en patience avec peine. Le soir, il y a un concert de violons, une merveille qui la ravit, sans lui faire oublier les lettres volées et cachées dans son secrétaire. La réponse à toutes ses questions est peut-être là et elle ne peut pas la lire ! Elle se décide à attendre le cœur de la nuit pour se relever et aller dans sa chambre. Mais elle est sans doute bien trop fatiguée par toutes ses émotions, car elle ne se réveille qu'au petit matin.

Déjà, des serviteurs s'activent. Il y a fête ce soir ! Françoise est dépitée… Attendre encore une journée ? Elle demande si elle peut se retirer pour écrire à sa mère, mais Mme Fouquet a d'autres projets : heureusement, c'est une agréable surprise qui attend la jeune fille. La maîtresse de maison lui annonce que Molière va venir à Vaux pour répéter une pièce dans le jardin et elle lui propose d'aller assister à leurs préparatifs. Partagée entre la frustration et l'enchantement, Françoise l'accompagne.

Ce qu'elle découvre l'émerveille : les comédiens sont drôles, enjoués, et leur spectacle très amusant. Molière, le chef de troupe, joue aussi un rôle, tout en donnant des indications. Il bataille avec ses acteurs pour qu'ils lisent le texte et cessent d'improviser à tout bout de champ. La pièce s'appelle *L'École des maris*, et Françoise est particulièrement touchée par les paroles de l'un des personnages, qui dit des femmes que :

Leur sexe aime à jouir d'un peu de liberté,
On le retient fort mal par tant d'austérité,
Et les soins défiants, les verrous, et les grilles,
Ne font pas la vertu des femmes, ni des filles,
C'est l'honneur qui les doit tenir dans le devoir,
Non la sévérité que nous leur faisons voir.

Elle trouve que cela est bien tourné et retrouve les paroles de sa mère, elle pour qui l'honneur est la seule arme des femmes dans ce monde d'hommes. Jusque-là, elle ne le comprenait pas bien, mais les jours passés à Vaux-le-Vicomte la persuadent peu à peu de cette maxime... C'est l'honneur qui doit la tenir, car sans une bonne réputation elle sera l'objet des rires et des moqueries de tous ces gens. Elle qui ne cherchait que la liberté s'aperçoit qu'elle ne l'aura jamais, car elle est une femme ! Pourquoi les hommes ne sont-ils pas obligés de faire de même ? Parce qu'ils ont édicté cette règle qui veut qu'une femme ne soit qu'à un seul homme ? Mais, alors, pourquoi ces mêmes hommes veulent-ils toujours s'en prendre à l'honneur des femmes alors qu'ils vantent par ailleurs leur sagesse et leur vertu ? S'ils aimaient réellement leurs mères, leurs femmes, leurs sœurs, leurs filles, pourquoi iraient-ils séduire les sœurs et filles des autres, et leur faire perdre leur honneur ? Cela est incompréhensible...

Les comédiens sont supposés présenter la pièce au roi et à son frère à la fin du mois de juin à Paris. Mme Fouquet regrette de ne pouvoir s'y rendre, elle sera bien trop près du terme de sa grossesse pour se déplacer en voiture jusqu'au cœur de la capitale. Molière lui promet qu'il reviendra jouer cette pièce ou une autre à Vaux-le-Vicomte dès qu'il le pourra[1]. En rentrant, Bussy-Rabutin se précipite sur elle :

— Vos robes sont arrivées, enfin ! Vous allez pouvoir vous parer pour la soirée !

L'empressement de son cousin lui rappelle toute la conversation avec Julie et ses doutes : va-t-elle être présentée à celui que Fouquet lui destine lors de la fête ? Elle secoue la tête : elle n'a aucune certitude, toutes ses questions sont sans réponses, elle est peut-être en train de se raconter n'importe quoi sur Fouquet, sur ses intentions… Elle ne lui a pas parlé, il n'a pas cherché à la voir, elle n'est sans doute ici que parce que tous ces gens aiment sa mère ! Mais alors pourquoi Bussy insiste-t-il tant pour qu'elle soit plus séduisante ? Une fois de plus, elle se remémore les mots lus sur la lettre brûlée : Fouquet a demandé à sa mère de lui confier « son propre diamant »…, et c'est bien d'elle qu'il s'agit !

Elle va se préparer pour la soirée dans sa chambre avec Julie ; celle-ci ne la quittant pas des yeux un seul instant, Françoise ne trouve pas le moyen de se glisser vers son secrétaire pour prendre les lettres. De toute façon, elle ne pourrait pas les lire tranquillement, car son habillage, son maquillage

1. En effet, Molière viendra créer la pièce *Les Fâcheux* dès le mois de juillet, pour la présenter à la cour réunie à Vaux le 17 août 1661, lors d'une merveilleuse fête que Fouquet organise pour le roi. Cette fête sera la dernière de Fouquet à Vaux-le-Vicomte.

prennent deux bonnes heures : des bas, une jupe, deux jupes, trois jupes et un vertugadin pour lui faire les hanches larges, signe de fertilité, un corset très serré pour lui donner la taille fille et lui remonter la poitrine, qui est vraiment mise en valeur par son décolleté : elle ne s'est jamais vue si belle ! La robe est de couleur aubergine, rehaussée de rubans et de perles dorées qui la font briller de mille feux. Julie la coiffe, lui tressant les cheveux, les regroupant en savants assemblages pour leur donner du volume. Puis elle la farde, la couvrant de blanc de céruse, de rouge sur les joues et les lèvres, et, enfin, de deux mouches de taffetas noir, dont elle lui explique le sens : selon la place de ces faux grains de beauté sur le visage, le message codé qu'ils portent est fort différent. L'assassine est près de l'œil, la discrète sur le menton, l'enjouée dans la fossette du sourire et l'effrontée sur le nez. Julie choisit la discrète et l'enjouée pour Françoise.

Enfin, elle est prête alors qu'au-dehors on entend les premières mesures du concert donné pour l'occasion. Renseignée par le babillage de Julie, Françoise sait qu'il y aura un dîner sur le thème du printemps ainsi qu'un feu d'artifice. On jouera aussi ce soir : la jeune fille n'a jamais fait de jeu d'argent et elle n'a pas de bourse à mettre sur la table, mais elle a hâte de voir cela ! Et elle sait comment profiter de la fête pour récupérer ses précieuses lettres : elle va demander à Tiphaine, bien sûr ! Dès qu'elle le voit dans le grand salon, où tout le monde se presse, elle se précipite vers lui. Lui ne bouge pas d'un pouce, la dévorant des yeux. Elle ne se rend compte de rien et, rapidement, elle l'entraîne à l'écart, de façon que Bussy-Rabutin ne puisse plus les voir.

— Tiphaine !

— Manon ! J'ai su que vous aviez été malade ? J'étais inquiet, mais Bussy-Rabutin m'a traîné avec lui à Paris pour commander des costumes à son drapier. Je n'avais rien vu de tel, c'était incroyable de bruit et de puanteur et…

— Oui, je sais, le coupe Françoise, impatiente, j'y vis la moitié de l'année, tu sais ?

— Ah oui, bien sûr, se renfrogne le jeune homme.

— Je voulais te demander un service !

— Oui, bien sûr, pour quoi d'autre viendriez-vous me voir, après tout ?

— Tu… tu me le reproches ?

— Non, excusez-moi, je suis juste très fatigué.

— Je ne m'inquiète pas assez de toi, mais, si j'obtiens des réponses à mes questions, nous repartirons chez nous, d'accord ? Je ne me sens pas non plus à mon aise ici.

Un grand sourire éclaire le visage de Tiphaine, il a l'air si soulagé à l'idée de rentrer chez lui que Françoise regrette soudain très vivement de l'avoir embarqué dans cette galère.

— Comment faire pour y arriver plus vite, alors ?

— J'ai trouvé les lettres.

— Quoi, mais pourquoi ne me le disiez-vous pas plus vite ? Que contiennent-elles ?

— Hélas, je n'en sais rien, je n'ai pas eu le temps de les lire, car Julie m'a surprise : j'ai dû faire semblant de m'évanouir, et de là on m'a transportée chez Mme Fouquet, je ne peux pas en sortir pour les prendre dans mon secrétaire. Elles sont sous les lettres de ma mère, serrées dans un ruban de soie rouge. Pourras-tu t'en charger ?

— Bien entendu ! Je vais avoir du temps pendant le dîner, vous serez ici réunis et les serviteurs qui ne sont pas au service de table mangent en bas dans les cuisines.

— Parfait, je t'attends avec les lettres après le repas, s'exclame Françoise, ravie. Tu me retrouveras sans doute ici ou au jardin !

— Que complotez-vous là tous les deux ? demande soudain une voix derrière Françoise.

Elle se retourne pour trouver Pierre Corneille, tout sourire. Il lui fait une belle révérence, et Tiphaine en profite pour s'éclipser.

— Oh, rien d'important, ce n'est que le valet de mon cousin ! s'écrie Françoise.

Tiphaine qui était encore assez proche pour l'entendre détourne alors la tête pour lui jeter un regard déçu… C'est vrai que ce n'est pas très gentil de parler de lui ainsi, mais, après tout, il n'est rien de plus aux yeux des autres ! Soulagée de savoir qu'il s'occupe de tout, Françoise décide de profiter de la soirée : après tout, elle se trouve jolie dans sa robe, elle va récupérer ses lettres après la fête et puis… elle est là pour ça ! Soudain, elle est plus légère, elle ne se sent certes pas vraiment à sa place, mais tout le monde a l'air de penser le contraire : elle est une fille de la noblesse, fille d'une femme très aimée ici, et ce monde est le sien, bien plus que celui des Rochers ! Pierre Corneille a l'air d'être de cet avis et il l'invite à se promener un peu avant le dîner.

Ils se dirigent vers le jardin à travers la cohue, s'arrêtant tous les dix pas pour saluer un des convives. Tout le monde est là : Mme de La Fayette qui l'embrasse chaleureusement, Madeleine de Scudéry qui lui sourit, La Fontaine et le père de Pierre, Mme Fouquet et toutes ses dames. Il n'y a que Fouquet qu'elle ne voit pas.

Bussy-Rabutin vient la voir pour la féliciter sur sa tenue, « une fleur fraîche et charmante », lui dit-il en appréciant d'un coup d'œil son décolleté. Elle se sent un peu nue sans son col de petite fille, mais le regard de Pierre, admiratif, la ravit. D'ailleurs elle s'aperçoit qu'on la regarde beaucoup et même que l'on chuchote à son passage. Se peut-il qu'elle soit métamorphosée ? Pierre la guide vers une des baies du grand salon pour qu'ils sortent dans le jardin. Le temps est agréable, le mois de mai est arrivé avec ses douceurs, et l'air est plein de l'odeur des roses nouvelles. Le jardin est éclairé vivement, de nombreux groupes s'y déplacent, appréciant le travail de Le Nôtre, et Françoise s'extasie elle aussi.

— J'aimerais tant voir Le Nôtre pour le féliciter ! s'exclame-t-elle.

— Je crois le voir là-bas si vous souhaitez aller lui parler, suggère Pierre.

— Il est rentré ! Oh oui, s'il vous plaît, présentez-moi, cher ami.

Pierre rosit légèrement, Françoise se sent encore plus sûre d'elle : elle lui plaît ! Pourtant, elle ne pensait pas une minute lui faire du charme. Mais, après tout, pourquoi pas ? Elle connaît bien la carte du tendre grâce à toutes ses lectures, et elle sait comment s'y prendre pour développer une amitié avec un jeune homme. Si elle reste prudente, personne ne mettra en doute sa vertu! Elle se montre donc charmante et entretient la conversation avec le jeune homme en usant de tous ses outils de séduction sans cependant en faire trop : gentille, souriante, mais pas trop familière. Surtout ne pas le laisser la toucher, mais répondre à ses compliments avec politesse et lui montrer qu'ils lui font plaisir. Ils arrivent devant le célèbre jardinier, déjà assailli d'admirateurs, mais la foule semble s'écarter devant elle, et Pierre lui présente l'homme fameux :

— Monsieur, j'ai le plaisir de vous présenter Mlle de Sévigné qui se pique de jardinage et souhaite vous féliciter.

— C'est un grand honneur, mademoiselle, de vous connaître : j'ai eu le plaisir de rencontrer votre mère et j'ai su qu'elle créait un très beau jardin dans sa propriété de Bretagne.

— En effet, nous essayons de rendre le jardin agréable, mais cela n'est rien en comparaison de votre travail ici, fait la jeune fille avec une petite révérence.

— Merci beaucoup, je suis cependant obligé de reconnaître que votre éclat ce soir fait pâlir mes roses, s'exclame Le Nôtre en lui rendant la pareille par une petite courbette.

Séance de coiffure

— Oh, quel homme charmant ! s'exclame une dame avec ravissement.

Françoise sait que répondre à ce compliment par une trop grande modestie n'est pas une bonne idée, car elle passerait pour une ingénue, alors elle se contente de sourire et de faire une révérence. La conversation reprend sur le thème des travaux que le roi veut entreprendre dans le pavillon de chasse de son père, à Versailles.

— Que pensez-vous de cela, Le Nôtre ? Est-ce raisonnable ? On m'a dit qu'il n'y avait que des marais autour du pavillon.

— Le roi pense que nous pourrions les assainir en les terrassant.

— Cela semble être un travail considérable !

— Titanesque même ! Je pense qu'il faudrait y consacrer des années, peut-être même des décennies !

— Et pensez-vous que vous en serez l'artisan ? demande Françoise.

— Oh, il est bien trop tôt pour l'imaginer encore.

— Si le roi vient visiter Vaux-le-Vicomte, il sera persuadé que c'est vous qu'il lui faut.

— Je l'espère, mademoiselle, je l'espère.

Chapitre 16

Françoise et Pierre repartent vers le château après cet échange, car tous les groupes semblent s'y diriger, sans doute pour le dîner. Celui-ci est superbe : Vatel s'est surpassé ! Le maître d'hôtel de Fouquet est un virtuose, et tout est aussi beau que bon sur la table. Les plats sont si nombreux que Françoise n'en goûte pas plus d'une ou deux bouchées de chaque, afin de profiter de tout. Elle est cependant si gourmande de viande qu'elle prend un gros morceau de cochon de lait grillé. Bussy-Rabutin lui fait les gros yeux : une jeune fille doit se montrer raisonnable à table. Elle laisse avec regret la moitié de son morceau, mais se rattrape sur les desserts. Les fruits confits, les meringues, les compotées, tout est délicieux ! Françoise et le fils de Corneille ont été séparés par Bussy-Rabutin qui n'a pas l'air ravi de voir sa pupille avec le jeune homme. Il l'a donc placée à côté de lui tandis qu'un certain Charles Perrault est sur sa gauche. Celui-ci ne la regarde pas, cependant, tout occupé à converser avec son autre voisine. Elle profite de l'occasion pour sonder Bussy-Rabutin à propos de ses projets.

— Mon cher cousin, êtes-vous satisfait de votre séjour ?

— Oui, cela me convient assez, quoique je trouve le château poussiéreux avec tous ces travaux.

— Vous faites le difficile, il est superbe !

— Vous n'en avez pas vu beaucoup, c'est pour cela qu'il vous émerveille. Je vous emmènerai au Louvre bientôt.

— Oh, c'est vrai ?

— Oui, il faut bien vous présenter à la cour. À moins qu'on ne profite de la venue de la cour à Fontainebleau. Nous pouvons aussi attendre que le roi vienne jusqu'ici, je crois que Mme Fouquet veut organiser une fête en l'honneur de Mme Henriette d'Angleterre.

— Ce serait merveilleux ! s'exclame Françoise.

— Hum, grogne Bussy, cessez de vous extasier comme une enfant. Faites preuve d'un peu de retenue, je vous ai vu avec ce petit Corneille, il n'est pas de votre rang, ne vous y trompez pas.

— Vous trouvez que je dois me montrer plus réservée, s'excuse Françoise, soudain affolée à l'idée d'en avoir fait trop.

— Avec lui, oui, mais pourquoi ne vous êtes-vous pas mêlée aux autres groupes ? Vous êtes la coqueluche de Mme Fouquet, profitez-en donc ! Vous pourriez faire des rencontres intéressantes.

— C'est pour cela que vous m'avez amenée ici ? demande Françoise tout à trac. Pour que je rencontre un futur époux ?

— Comme vous y allez ! Non pas déjà un époux, votre mère ne me le pardonnerait pas.

— Mais qui alors ?

— Ah, il est trop tôt pour en parler : vous êtes à peine dégrossie, c'est la première fois que vous quittez vos robes de fillette. Brillez, faites-vous voir et attirez les regards. Quand on n'aura plus que votre nom aux lèvres et que vous aurez éclipsé votre mère par votre beauté et votre conversation, nous en reparlerons.

Grrr... il ne lâchera décidément rien !

Françoise, de dépit, avale une grosse bouchée de citron confit et manque de s'étouffer sous le regard moqueur de son cousin. Décidément, quel homme pénible ! En tout cas, Julie avait bien raison : il veut lui faire rencontrer quelqu'un... et pas un futur mari ! Il veut lui trouver un amant ! Ah, si Mme de Sévigné savait cela !

— Mais où est passé mon valet, râle Bussy-Rabutin, je le cherche depuis tout à l'heure ! J'ai taché cette écharpe et j'en voudrais une autre.

Il n'est pas bien doué votre paysan. Je regrette de l'avoir choisi.

— Vous n'êtes pas charitable, il fait de son mieux.

— Pour vous séduire, peut-être, mais pas pour me servir !

Françoise n'en revient pas : est-ce si évident que Tiphaine est amoureux d'elle ? Est-ce que sa mère s'en est aperçue ? C'est peut-être pour cela qu'elle l'aime si peu. Et tout est sans doute sa faute, elle a été si bête avec son texte sur les amours de la princesse et du paysan !

— Savez-vous ce qu'il a encore inventé ? poursuit Bussy-Rabutin sans lui prêter attention. Je lui avais demandé de brosser mes souliers, et il a utilisé une brosse à cheval ! Vous rendez-vous compte des dégâts ? Mes souliers sont fichus, j'ai dû en retenir le prix sur ses gages !

Rassurée de le voir changer de sujet, Françoise rit, elle imagine bien Tiphaine frotter avec entrain ces chaussures comme il brosse le crin de ses juments aux Rochers. Le pauvre, il sera vraiment heureux de les retrouver ! En tout cas, elle est bien contente de le savoir disparu : c'est qu'il s'occupe de sa mission. Le repas s'achève dans la bonne humeur, et tout le monde est invité à rejoindre le jardin pour le feu d'artifice. Le jour a fini de décliner pendant le dessert, et il fait à présent nuit noire. Les flambeaux éclairent le chemin et la terrasse, mais le grand bassin est totalement plongé dans l'obscurité au bout du jardin. Soudain part une première fusée puis deux, trois ! C'est un bouquet de couleurs et d'étincelles du plus bel effet. Les lumières pétillantes se reflètent sur l'eau des bassins, se démultipliant pour le plaisir des yeux, tandis que les violons remplissent l'air parfumé de notes légères. C'est un enchantement ! Soudain, un bras saisit celui de Françoise, et une voix susurre à son oreille :

— Que vous êtes en beauté, ce soir, chère enfant !

Françoise regarde son interlocuteur... C'est Fouquet !

— Merci beaucoup, monsieur, balbutie-t-elle.

— Je suis navré d'avoir eu si peu de temps pour vous depuis votre arrivée...

— Vous devez être bien occupé avec vos hautes fonctions.

— En effet, et le roi me demande d'autant plus de comptes depuis la mort de notre bien-aimé Mazarin.

— Je suis bien navrée pour ce deuil. Vous étiez proche de lui ?

— Autant que faire se peut. Je gérais sa fortune, et il a fallu mettre de l'ordre dans tout cela.

Mais parlons d'autre chose ! J'ai su que vous aviez voulu visiter mes appartements ?

— Oh ! Je... je suis confuse ! Je voulais...

— Voir les plafonds de Le Brun ? Oui, l'on m'a dit cela, vous n'avez pas à vous excuser, j'aurais dû moi-même vous les montrer : vous êtes chez vous dans mon domaine, vous pouvez aller où vous voulez, je ne vous reprocherais jamais de vous sentir ici comme dans votre propre maison, ma chère enfant.

Françoise frémit... Elle ne s'est donc pas trompée ? Elle serait... sa fille !

— Vous viendrez me voir, cette semaine, mademoiselle ? J'aimerais pouvoir vous aider à passer un bon séjour chez nous. Je vous attendrai dans mon cabinet, demain matin.

— Bien sûr, s'exclame Françoise avec empressement.

Bussy-Rabutin qui arrivait par-derrière n'a rien manqué de l'échange, et il sourit avec malice. Pense-t-il que le surintendant va lui-même révéler le secret qu'il partage avec Mme de Sévigné ? Françoise décide de rejoindre l'intérieur, elle est tout excitée. Elle erre un peu dans les couloirs à la recherche de Tiphaine. Lorsqu'elle croise Julie, toujours aussi survoltée, elle a presque envie de tout lui raconter, avant de se ressaisir : elle la connaît à peine, elle peut bien attendre de voir Tiphaine. Où peut-il bien être ? En présence de la soubrette, elle ne peut pas vérifier dans sa chambre, et Julie lui dit que Mme Fouquet l'attend dans ses appartements pour la nuit.

— Mais je vais mieux ! s'insurge-t-elle.

— Ce n'est pas moi qui décide, mademoiselle ! lui répond Julie un peu vertement.

— J'y vais alors.

— Je vous accompagne pour vous aider à vous changer.

— Non ! Euh... prenez le temps de me trouver une autre chemise pour la nuit, je n'en ai pas là-bas.

Julie la regarde en coin, un peu étonnée, mais ne dit rien de plus, et Françoise ressort pour chercher Tiphaine : elle va devant la chambre de Bussy-Rabutin, n'osant frapper de peur de tomber nez à nez avec le vieil homme. Comment faire ? N'y tenant plus, elle pousse la porte doucement, pour jeter un coup d'œil à l'intérieur. Il n'y est pas, mais elle trouve Tiphaine endormi sur un fauteuil.

— Tiphaine ! Réveille-toi ! lui dit-elle en le secouant.

— Hein ! Quoi ? Tout de suite ! s'exclame-t-il en se réveillant en sursaut. Ah, c'est vous, Manon !

— Bien sûr que c'est moi ! Alors ? demande-t-elle brusquement.

— Quoi ?

— Les lettres ! Où sont-elles ?

— Je ne les ai pas ! Elles n'y étaient pas.

— Comment ? Mais ce n'est pas possible ! Tu as mal cherché, s'écrie la jeune fille en se tordant les mains.

— Pas du tout. J'ai trouvé les lettres de votre mère, là où vous aviez dit, mais rien d'autre, pas de ruban, pas de rouleau de lettres !

— Mais où sont-elles alors ?

— Comment j'pourrais le savoir, moi !

— Ah, tu es un incapable, tu m'énerves ! s'agace Françoise en tapant du pied.

— Vous êtes bien ingrate, mademoiselle, lui répond Tiphaine, l'air peiné. J'ai failli me faire attraper : il y a votre femme de chambre qui m'a vu devant chez vous, elle m'a accusé de vouloir commettre un larcin. Vous vous rendez compte, si on m'accuse de vol ? Je serai emprisonné ! Peut-être envoyé aux galères !

— Mais non, gros bêta, je te défendrai !

— Bah, je ne suis qu'un paysan, moi ; vous me l'avez bien fait comprendre ! dit-il avec douleur.

— Oh, Tiphaine, pardon, je suis navrée !

— Oui, bien, laissez-moi dormir alors, je n'en peux plus de tout cela, répond-il en se renfrognant et en se tournant sur le côté pour poursuivre sa nuit.

Françoise le regarde se rendormir aussi sec, incrédule : elle est catastrophée par ce qu'il vient de lui apprendre et lui se rendort, comme ça, aussitôt dit, aussitôt fait ! Mais qui a bien pu lui voler ces lettres ? Serait-ce Julie ? Elle est la seule qui soit allée dans sa chambre ces derniers jours ! Mais pourquoi ? Et si ce n'est pas elle… alors qui ? Peut-être Bussy-Rabutin…, mais ça n'a rien de logique ! La jeune fille se hâte de rejoindre les appartements de Mme Fouquet et bifurque finalement vers sa chambre : après tout, Tiphaine s'est peut-être trompé ? Quand elle entre, le vent s'engouffre par la fenêtre ouverte et fait danser les rideaux et la flamme de sa bougie. Il n'y a personne. La jeune fille se précipite sur son secrétaire, ouvre le tiroir qui cache les précieuses lettres… Hélas ! Tiphaine ne s'est pas trompé, elles n'y sont pas !

Chapitre 17

— Ah, mademoiselle, je vous cherchais partout !

La porte qui s'ouvre de nouveau provoque encore un courant d'air, et la bougie de Françoise s'éteint.

— Julie ?

— Oui, qui d'autre ? Attendez que j'allume ma chandelle. Ah, là, voilà.

Françoise a vite refermé le tiroir, en espérant que le bruit du bois qui frotte n'ait pas attiré l'attention de la femme de chambre. Mais, de toute façon, qu'est-ce que ça peut bien faire ? Il n'y a plus de lettres à voler.

— Que faisiez-vous donc ?

— Je venais chercher de quoi écrire à ma mère.

— Mme Fouquet vous aurait prêté cela ! Venez vite, toutes les dames se mettent au lit, nous allons les réveiller si nous arrivons trop tard, la presse Julie, sans un regard vers le secrétaire.

Françoise la suit, le moral dans les escarpins. La nuit est longue, entrecoupée de cauchemars, et, au petit matin, la jeune fille a le visage défait, les cheveux emmêlés et le teint pâle.

— Ah, ma pauvre, vous n'allez pas beaucoup mieux ! Je vais vous garder près de moi toute la semaine, j'ai trop peur que nous ne tombiez de nouveau. Surtout, ne bougez pas trop !

— Pitié ! s'écrie Françoise. Je m'ennuie, je ne veux pas rester une journée de plus à l'intérieur.

— Qu'elle est mal élevée, persifle Mme Vanel.

— Taisez-vous donc ! La pauvre petite est sans doute habituée différemment.

Françoise est honteuse. De sa réaction trop vive, qui la fait passer pour une ingrate, de la remarque de Mme Vanel qui met sa mère en cause, de la réponse de Mme Fouquet qui révèle qu'elle la prend pour une campagnarde mal dégrossie. Et puis la voilà condamnée encore à rester enfermée avec toutes ces femmes, elle ne le supporte plus. Oui, elle a envie de courir au jardin, de calme et de solitude, de grand air et de tendresse. Mais plus de cette étouffante protection dont elle sent le manque de sincérité ! Elle demande à rejoindre sa chambre, pour s'y préparer et écrire à sa mère. Mme Fouquet, inquiète, le lui accorde, appelle Julie qui accompagne Françoise et l'habille, la coiffe, la maquille. Tout cela est interminable, Françoise ne peut s'empêcher de regarder son secrétaire, encore, quoique les lettres n'y soient plus. Julie ne dit rien, pour une fois : pas de bavardages, pas de piaillements, elle est calme, anormalement calme.

— Qu'avez-vous, Julie ?

— Rien, mademoiselle, tout va bien !

— Vous n'avez pas l'air dans votre assiette !

— Si, si, pourquoi ?

— Vous ne dites rien ! Vous qui êtes d'habitude si… enjouée !

— Oh… c'est que… madame m'a demandé de vous tenir au calme, alors j'obéis, voilà tout.

Elle ment, Françoise en est sûre, et aussitôt ses soupçons reviennent : c'est elle, la voleuse ! Mais pourquoi ? Quand Julie la laisse enfin, Françoise fait les cent pas dans la chambre. Elle finit par s'asseoir et écrire, comme elle l'a dit, de peur qu'on ne lui reproche de ne pas l'avoir fait. Elle ne dit rien d'important, car la lettre sera lue. Elle se sent enfermée. Oubliée la douce sensation d'être une princesse : la soirée d'hier la laisse triste et amère. Enfin, on l'autorise à se promener une heure au jardin. Elle y croise les poètes, La Fontaine, Pellisson et Charles Perrault, en grande discussion. Mais pas de Fouquet ! Les dames s'arrêtent, tout le monde se mêle joyeusement et l'on décide de s'installer sur la pelouse pour profiter du beau temps de mai. Bussy-Rabutin est là, avec Tiphaine qui le suit comme son ombre, mais le jeune homme n'accorde même pas un regard à Françoise. Il est encore vexé. Elle s'en veut : rien n'était sa faute, en fait ; elle l'a accusée à tort alors qu'il obéissait à ses ordres. Est-elle comme tous ces gens ici, qui considèrent leurs serviteurs avec mépris ? Comment se rattraper ?

— Cela vous ira-t-il, ma chère enfant ? demande Mme Fouquet, l'interrompant dans ses pensées. N'êtes-vous pas trop lasse ?

— Non, merci beaucoup, j'apprécie ce soleil, répond Françoise qui a peur qu'on ne la renvoie à l'intérieur.

— Connaissez-vous M. Perrault ? demande alors son hôtesse en se tournant vers l'homme qui se tient à ses côtés. Il souhaitait vous parler, mais personne ne vous avait présentée à lui.

— Je suis enchantée, monsieur ; je n'osais pas non plus vous parler sans que nous ayons été présentés, fait la jeune fille avec une petite révérence.

— Maintenant que c'est chose faite, permettez-moi, mademoiselle, de vous importuner avec mon projet littéraire !

— De quoi s'agit-il ? demande poliment Françoise. Je ne suis pas experte, je ne sais si je pourrais vous être d'une aide quelconque.

— Voyez-vous, mademoiselle, j'ai en tête une œuvre pour laquelle tous peuvent m'aider, quels qu'ils soient, car tous ont été enfants. Or vous n'êtes pas encore loin de cette période enchantée où l'on vous racontait des histoires, n'est-ce pas ?

— En effet, répond prudemment la jeune fille.

— Alors voilà le projet : il s'agit de récolter les contes de notre beau pays, de les écrire et de les porter à la postérité.

— Les… les contes ?

— Oui, ces histoires qui se racontent au coin du feu, que les grands-mères apprennent à leurs enfants puis à leurs petits-enfants, depuis sans doute des décennies, si ce n'est des siècles !

— C'est que…

— Voyez-vous, je pense qu'il y a là une matière incroyable qui alimente notre littérature. Oui, oui, je vous vois venir, vous allez me dire que nos ouvrages à nous, gens de lettres, sont bien plus délicats que ces histoires des campagnes qui ne sont ni sérieuses ni bien construites. Sont-elles même construites, vous demandez-vous ?

— Euh…, hésite la jeune fille, un peu dépassée par l'excitation étrange de cet homme qu'elle ne connaît pas.

— Mais oui, bien sûr, pensez donc : elles se sont nourries de la sagesse de notre peuple ! Et si un auteur tel que moi leur donnait forme, les taillait et les polissait pour permettre à tous de les lire ? Par exemple, afin de prévenir les jeunes filles comme vous des dangers de la cour et des vils séducteurs, je pourrais me saisir d'un de ces contes et y apporter une moralité comme… voyons…

« On voit ici que de jeunes enfants,
Surtout de jeunes filles
Belles, bien faites, et gentilles,
Font très mal d'écouter toutes sortes de gens,
Et que ce n'est pas chose étrange,
S'il en est tant que le loup mange.
Je dis le loup, car tous les loups
Ne sont pas de la même sorte ;
Il en est d'une humeur accorte,
Sans bruit, sans fiel et sans courroux,
Qui privés, complaisants et doux,
Suivent les jeunes demoiselles
Jusque dans les maisons, jusque dans les ruelles ;
Mais, hélas ! qui ne sait que ces loups doucereux,
De tous les loups sont les plus dangereux[1]. »

— Quelle belle idée ! s'exclame Françoise, sentant que c'est le bon moment pour s'extasier.

1. Charles Perrault, *Le Petit Chaperon rouge*.

— Voyez, vous finissez par être d'accord avec moi !

— Oui, oui, répond-elle sans se rappeler à quel moment elle a dit ne pas être d'accord.

— J'ai donc besoin de vous, bien sûr !

— Mais… mais pourquoi ? demande Françoise, un peu inquiète avec toutes ces histoires de loups qui s'attaquent aux jeunes filles.

— Vous êtes de Bretagne, n'est-ce pas ? Et même de la belle campagne de Vitré, d'après ce que l'on m'a dit, où votre mère possède une propriété que vous habitez, suis-je mal renseigné ?

— Non, point, c'est-à-dire que…

— M'aurait-on trompé ?

— Non, non, mais je ne suis pas née là-bas.

— Mais vous y avez grandi ?

— Oui, en partie, quand je n'étais pas à Paris.

— N'avez-vous pas entendu des histoires, des contes, comme j'en recherche ?

— Hélas, non.

— Pas le moindre petit racontar, avec quelque ogre ou quelque fée ?

— Non, monsieur, je suis bien navrée, ma mère me lisait des contes, certes, mais ils étaient déjà écrits dans des livres…

La déception qui se lit sur le visage de Charles Perrault est alors si grande, si profonde que

Françoise s'en veut de le décevoir. Mais ce n'est quand même pas sa faute si elle n'est pas une simple paysanne qui écoute des histoires au coin du feu de la ferme ! Pour qui l'a-t-il donc prise ? Soudain, elle a une idée.

— Mais je sais qui peut vous aider, cher monsieur !

— C'est vrai ? demande, plein d'espoir, le pauvre homme.

— Oui, regardez par là. Voyez-vous ce jeune homme là-bas ? interroge-t-elle.

— Qui donc ? Je ne vois que Bussy-Rabutin, il n'est quand même pas si jeune que vous le dites, ou bien il a eu une maladie qui lui a blanchi les cheveux !

— Mais non, pas lui, le jeune homme, là, à son côté, celui qui tient l'ombrelle.

— Ah, le valet ? fait Perrault avec un léger dédain.

— Oui, eh bien, vous aurez des surprises si vous l'interrogez, car il connaît tous les contes dont vous parlez, avec des ogres, des fées, des coffres magiques et des korrigans !

— Des korri… quoi ?

— Des korrigans, des elfes bretons.

— Et comment s'appelle-t-il ?

— Tiphaine. Tiphaine ! s'écrie Françoise en lui faisant de grands signes. Viens donc voir par ici !

Le jeune homme, étonné, cherche qui l'appelle et lâche aussitôt son ombrelle, provoquant la colère de Bussy-Rabutin qui la prend sur la tête. Le jeune homme essuie deux ou trois coups de canne, et, Françoise leur faisant de grands signes pour qu'ils s'approchent, tous deux finissent par les rejoindre.

— Qu'y a-t-il, ma petite cousine ?

— M. Perrault cherche des contes de Bretagne et s'adressait à moi pour l'aider. Mais je n'y connais rien, alors que Tiphaine a en tête mille histoires de sa grand-mère !

— Quoi, mon valet ? Mais il ne sait pas lire ! Alors écrire, n'en parlons pas ! fait Bussy-Rabutin avec mépris.

— Il n'a pas besoin de les écrire, il les connaît toutes par cœur, il a une mémoire incroyable ! s'écrie Françoise avec fierté, s'attirant un large sourire de son ami.

— Alors vous m'êtes très précieux, s'émerveille Perrault. Auriez-vous du temps pour moi ?

— C'est-à-dire que…, balbutie Tiphaine en regardant son maître.

— Voulez-vous me le laisser les prochains jours ? demande l'écrivain à Bussy-Rabutin avec une courbette. Je repars en fin de semaine, vous ne vous en passeriez que peu de temps.

Bussy-Rabutin fait la moue, il a pris goût à la présence de Tiphaine qu'il peut maltraiter à loisir.

— Je vous prête mon valet, si vous voulez ? fait Perrault en désignant son propre serviteur, lui aussi muni d'une ombrelle.

Françoise ne l'avait pas remarqué tant il est discret. Elle s'aperçoit qu'elle n'a décidément aucune considération pour les serviteurs.

— Alors oui, pourquoi pas ? Vous me débarrassez de ce gros nigaud et vous me proposez un remplaçant délicat, je prends ! s'exclame Bussy-Rabutin que Françoise a bien envie de pousser dans le bassin, là, pour lui apprendre !

La jeune fille observe Tiphaine sur qui les paroles désagréables de Bussy-Rabutin semblent glisser comme de l'eau sur les plumes d'un canard : il est ravi, souriant, beau soudain comme elle l'a vu ce jour qui semble si lointain, aux Rochers, quand ils ont couru ensemble jusqu'au grand chêne. Elle est émue, elle a envie de l'embrasser, là, devant tout le monde. Et puis elle se ressaisit : quelle bêtise ! Elle n'est plus la Manon déguisée des Rochers, elle n'est plus si naïve, quand même ! Tandis que Bussy-Rabutin et Perrault discutent, Tiphaine s'approche d'elle et elle se raidit, instinctivement, mais lui, toujours si respectueux, ne veut que lui parler :

— Manon, j'ai entendu quelque chose tout à l'heure qui m'a semblé bizarre.

— Quoi donc ? demande Françoise, en chuchotant pour que personne ne les entende, faisant mine en se plaçant de côté de ne pas lui parler afin de ne pas attirer l'attention.

— C'était votre femme de chambre, Julie, elle parlait avec une autre femme, une plus âgée, elle lui montrait des papiers en lui demandant de les lui lire.

— Des papiers ? Mais tu penses que c'étaient mes lettres ?

— Oui, j'en suis presque sûr, même, car elle tenait un ruban dans l'autre main !

— C'est elle, ma voleuse ! Comment a-t-elle pu faire ça !

— Euh... comme vous avez vous-même pris les lettres chez Fouquet ? demande Tiphaine avec malice.

— Oui, bon, d'accord, mais quand même, c'est ma femme de chambre, elle n'est pas censée fouiller dans mes affaires, si ?

— Pas moins que vous n'avez à fouiller le bureau de celui qui vous accueille chez lui, à mon avis..., mais mon avis n'est peut-être pas très important.

— Ah, tu m'agaces, tu sais bien que ton avis est important pour moi !

— Je commençais à me poser des questions.

— Je suis désolée.

— Désolée ?

— Je m'excuse, voilà… Pfff !

Tiphaine sourit encore plus largement que tout à l'heure, et ils se séparent sur un long regard de tendresse.

Le Petit Chaperon rouge, par Gustave Doré

Chapitre 18

Françoise court presque jusqu'à sa chambre : enfin, elle a sa voleuse ! Et il ne lui vient pas une seconde à l'esprit de se demander comment gérer la situation. Du coup, quand elle déboule dans la chambre comme une furie, elle manque de heurter Julie. Celle-ci a un air coupable et gêné. Françoise se précipite sur le secrétaire et, sous les lettres de sa mère, retrouve celles qu'elle a volées !

— Tu viens de les remettre, n'est-ce pas ? lance-t-elle en la tutoyant sous l'effet de la colère.

— Non, mademoiselle, je ne vois pas de quoi vous parlez.

— Menteuse ! Tu le sais très bien, tu les avais prises et tu viens de les reposer à leur place ! s'exclame Françoise en brandissant les lettres.

— Que voulez-vous que je fasse des lettres de votre mère ?

— Il ne s'agit pas de n'importe quelles lettres et tu le sais très bien ! Si tu continues à me mentir, je te fais chasser, voleuse !

— Oui, bien voilà, je les avais prises ! dit très rapidement Julie, affolée à l'idée d'être mise à la porte.

— Mais pourquoi ? Pourquoi les avoir volées ?

— Parce que vous aviez commencé ! Parce que vous, la première, vous êtes allée les prendre dans le bureau et que je me suis dit que c'était ce que je cherchais depuis le début. Mais je n'ai même pas pu les lire, je ne sais pas lire, personne n'a pu m'aider. Je n'ai rien fait de grave, rien de plus que ce que vous avez fait vous-même. Et je ne vous ai pas dénoncée, alors que j'aurais pu, non ? J'aurais pu tout dire à madame !

— Pourquoi les cherchais-tu ? Qu'est-ce que tu pensais y trouver ?

— La preuve, la preuve que M. Fouquet est mon père ! s'écrie Julie en pleurant de rage.

Françoise est estomaquée. Alors elle aussi se pense la fille de Fouquet ? Mais ce n'est pas possible ! Et puis si, après tout, pourquoi pas ?

— Pourquoi crois-tu qu'il est ton père ? demande Françoise, avec un calme qui l'étonne elle-même.

— Je suis née ici, à Vaux, quand il a acheté les terres avec la dot de sa première femme. Elle est morte cette année-là.

— Il a eu une première femme ?

— Mais oui, et il s'est consolé avec ma mère quand son épouse a disparu, c'est elle qui me l'a dit.

— Ta mère te l'a dit ?

— Oui, elle est sûre que c'est le père, mais il n'a jamais voulu le reconnaître, et ma mère est morte il y a trois ans. Alors il me faut un papier, une lettre qui dise qu'il est mon père, sinon il ne voudra jamais m'aider.

— T'aider à quoi ?

— À devenir comme vous, pardi ! À avoir des belles robes, un riche mari, à ne rien faire de la journée, à manger tout ce que je veux, à savoir lire, écrire, danser, jouer de la musique ! Vous croyez que j'ai envie de continuer à vous changer les draps et à lacer vos robes alors que je suis la fille de Fouquet, l'homme le plus puissant du royaume après le roi ?

— Mais tu rêves ! Tu crois vraiment qu'une simple femme de chambre obtiendra ce que seules les nobles peuvent avoir ? Au mieux, tu feras un bon mariage, mais tu ne seras jamais comme moi !

Julie pousse un rugissement de rage, arrache à Françoise les lettres volées et la gifle avec. La jeune fille est stupéfaite, elle pousse un cri et saisit au vol les précieuses lettres ! Julie tremble de colère, elles se font face et Françoise a peur. De quoi cette furie est-elle capable ? Mais la jeune femme d'habitude si souriante, maintenant rouge et grimaçante, s'effondre soudain, laissant de grosses larmes couler sur ses joues semées de taches de rousseur.

— De toute façon, je ne peux même pas les lire…

Françoise a l'impression d'être encore une fois complètement perdue. Mais soudain Julie lui rappelle sa Fanchon, et elle décide de la prendre dans ses bras, de l'aider à se relever pour l'asseoir sur le lit et de lui lire les fameuses lettres… Après tout, elle a bien le droit de savoir aussi.

— Julie, tu sais, ce ne sont pas des lettres de Fouquet, mais des lettres de ma mère, qu'elle lui a adressées, je ne suis pas sûre que tu y trouves tes réponses… Je ne vois pas comment ma mère aurait pu être au courant de ton histoire.

— Mais pourquoi les avez-vous volées, vous, mademoiselle ?

— Parce que… parce que je voulais savoir quel secret ma mère et Fouquet partagent.

— Vous croyez que…

— Que je suis sa fille aussi ? Eh bien…

Françoise a alors un éclair de lucidité : Julie pense que Fouquet est son père parce qu'il est puissant et riche, parce qu'elle n'a pas de père, parce qu'elle ne se sent pas à sa place dans sa vie. Mais elle aussi, elle est exactement dans ce cas-là… En fait, c'est juste parce qu'elle ne trouve pas sa place qu'elle veut croire qu'elle est la fille de cet homme. Et, pourtant, il y a bien ce secret qu'ils cachent, ces mystères de Bussy-Rabutin… Elle n'a pas inventé tout cela, tout de même!

— Non, je ne crois pas, affirme-t-elle alors. Mais nous allons vite savoir de quoi il retourne!

Françoise dénoue le ruban et déroule quatre lettres. Elle se saisit de la première et elle commence à lire…

À Paris, juillet 1652

Nicolas,

Je vous dis encore une fois que je sens ma conscience si nette que je ne perds pas espérance de vous faire connaître sa pureté. C'est pourtant une chose impossible, si vous ne m'accordez une visite d'une demi-heure; et je ne comprends pas par quel motif vous me la refusez. Je vous conjure encore une fois de venir ici, et puisque vous ne voulez pas que ce soit aujourd'hui, je vous supplie que ce soit demain. Si vous n'y venez, peut-être ne me fermerez-vous pas votre porte, et je vous poursuivrai de si près que vous serez contraint d'avouer que vous avez un peu de tort. Vous voulez cependant me faire passer pour ridicule, en me disant que vous n'êtes brouillé avec moi qu'à cause que vous êtes fâché de mon départ. Je ne mérite pas votre haine. Mais je ne comprends pas que, quand on aime une personne, il faille, à cause de cela, être froide avec elle, la dernière fois qu'on la voit. Cela est une façon d'agir tout extraordinaire, et, comme je n'y étais pas accoutumée, vous devez excuser ma surprise. Cependant je vous prie de croire qu'il n'y a pas un de mes amis que j'aime autant que vous. C'est pourquoi, avant que de vous perdre, donnez-moi la consolation de dire que tout est de votre faute, et de dire que c'est vous qui ne m'aimez plus.[1]

Marie Chantal

— Je n'y comprends rien ! s'écrie Julie.

— Je crois que Nicolas Fouquet ne voulait pas dire au revoir à ma mère qui partait peut-être en voyage… Elle lui demande de lui accorder une demi-heure pour qu'il reconnaisse que c'est lui qui fait la tête, mais qu'elle n'y peut rien du tout. Elle lui dit qu'il est vraiment son ami, que c'est lui qui ne l'aime plus.

1. Lettre véritable de Mme de Sévigné, modifiée légèrement par l'auteure. Le destinataire n'était pas Fouquet, mais un autre homme du nom de Ménage.

— Oh là là, tout ça pour ça ? Mais il n'y a aucun secret là-dedans ! s'énerve Julie. Lisez la suivante !

— Allons-y :

Aux Rochers, décembre 1652

C'est vous qui m'avez appris à parler de votre amitié comme d'une pauvre morte ; car, pour moi, je n'aurais jamais eu l'idée de dire cela, en vous aimant comme je fais. Prenez-vous-en donc à vous-même, de cette vilaine parole qui vous a déplu ; et croyez que je ne puis avoir plus de joie que de savoir que vous conservez pour moi l'amitié que vous m'avez promise, et qu'elle est ressuscitée glorieusement. Adieu.

Marie Chantal

— Décidément, je ne comprends rien à ce que votre mère écrit… Vous pouvez me traduire, s'il vous plaît ?

— Alors…, en fait, il a sans doute été vexé d'une « vilaine parole » et il a parlé d'elle en disant qu'elle n'était plus son amie.

— Mais à qui a-t-il dit ça ?

— Va savoir…, peut-être à des amis communs ?

— Bon, mais il n'y a toujours rien sur un secret quelconque... Je comprends juste que Fouquet et votre mère étaient amis et qu'ils n'arrêtaient pas de se disputer... Je ne trouve pas ça bien extraordinaire !

— Oui, tu as raison, je ne vois rien non plus de très particulier. Attends, nous allons lire la suivante. Oh, regarde, c'est une autre écriture, ce n'est pas ma mère qui a écrit celle-ci. Mais celle-là, oui, s'étonne Françoise en saisissant les deux dernières lettres. Voyons... la troisième est de Bussy-Rabutin !

— Votre cousin ? Le vieux râleur ?

— Oui, c'est lui, répond Françoise en riant. Je lis alors :

À Paris, 17 août 1655

Consolez-vous, mon cher Fouquet, elle repousse vos avances mais vous propose son amitié, or je peux vous promettre qu'on est encore trop heureux de demeurer des amis de la Marquise ; il n'y a guère qu'elle dans le royaume qui puisse se contenter d'amitié ; il faut qu'une femme ait un mérite extraordinaire pour que le dépit d'un amant maltraité ne le porte pas à rompre avec elle. Mais vous avez un mérite extraordinaire ! Je suis persuadé que vous pourrez conserver pour *elle de l'amitié quoiqu'elle ait refusé vos avances. Cessez de la poursuivre, c'est inutile, comme cette lettre qu'elle m'a adressée en juillet vous le confirmera :*

Cher cousin,
Malgré mes refus répétés, notre ami me poursuit encore de ses assiduités. J'ai toujours avec lui les mêmes précautions et les mêmes craintes, de sorte que cela retarde notablement les progrès qu'il voudrait faire. Je crois qu'il se lassera enfin de recommencer toujours inutilement la même chose. Il m'a offert un diamant pour preuve de son amour. Je n'ai pu le refuser... mon mari m'a laissé tant de dettes que cette aide providentielle m'a sauvée ! Mais un diamant n'achètera pas mon honneur, vous pouvez le lui dire !
Marie-Chantal

Votre ami sincère,
Bussy-Rabutin

— Ah ! Mais le voilà, votre secret ! Il a voulu la séduire !

— Ça alors… Il n'y a pas réussi…

— Vous êtes étonnée ? Votre mère n'est-elle pas une femme d'honneur ?

— Si, si…

— Pourtant, il y en a d'autres qui auraient cédé pour un diamant…

— Elle l'a pris pourtant !

— Oui, mais elle n'a pas pris l'amant avec, elle est finaude ! s'exclame Julie, avec respect.

Françoise est un peu gênée que la femme de chambre parle ainsi de sa mère, mais elle est fière d'elle aussi. Même si cela veut dire qu'elle n'est vraiment pas la fille de Fouquet. Sa mère est restée pure ; malgré le diamant, elle ne s'est pas laissé acheter. C'est peut-être cela qui la ronge encore ? D'avoir accepté un cadeau pareil ? Parce qu'à part ça elle n'a rien à se reprocher… Sauf que Fouquet a utilisé ce cadeau pour lui faire du chantage, comme elle a pu le constater dans la lettre brûlée. Julie est d'avis que le surintendant a dû bien enrager de ne pas réussir à la séduire et que c'est pour cette raison qu'il ne voulait pas la voir, ou qu'il disait à tout le monde qu'elle avait eu des vilaines paroles envers lui. Françoise a soudain beaucoup moins de respect pour cet homme, un séducteur qui n'hésite pas à tout faire pour mettre une femme dans son lit !

— Ah, mais que cette vie de cour est folle !

— Eh oui, mademoiselle…, je vous avais prévenue !

— Je dois voir Fouquet cette semaine… Que vais-je lui dire ?

— Rien, surtout ! Gardez les lettres et ne dites rien. Il ne faudrait pas que quiconque apprenne que vous savez son secret, il serait très vexé.

— Je le dirai à ma mère, cependant.

— Ça, vous faites comme vous voulez.

— Et toi ? Comment t'aider ?

— Ah, mademoiselle, vous avez raison, je ne pourrai pas vivre comme vous, quoiqu'il se passe. Et, hélas ! je pense que cet homme n'en a rien à faire de moi parce que ma mère n'a été qu'une de ses conquêtes parmi d'autres : s'il a essayé de séduire votre mère, il l'a sans doute fait avec d'autres. La mienne était plus bête que la vôtre…

— Mais non, ne dis pas ça ! Ma mère connaît les règles de ce monde, la tienne sans doute pas, elle a dû croire comme toi que sa vie serait meilleure.

— Et elle l'a été, un peu, puisqu'il nous a pris toutes les deux à son service. C'est peut-être déjà bien… Ici, j'ai un bon travail, je suis bien nourrie, bien logée… Qu'est-ce que je peux vouloir de plus ?

Françoise ne dit rien, car elle sait bien, elle, ce qu'elle veut de plus. Elle veut retrouver sa liberté, sa façon simple de vivre dans le foyer familial, à lire et à parler littérature entre deux promenades au jardin, mais avec des gens aimables, pas avec des personnes médisantes, des hommes irrespectueux des femmes. Elle aimerait soudain être de retour aux Rochers, loin de cette agitation qui la dépasse. Mais, avant de rentrer, il lui faut démêler le dernier mystère… Que lui veut donc Fouquet ? Et pourquoi Bussy-Rabutin l'a-t-il amenée ici ?

Chapitre 19

Deux jours passent sans que Françoise voie Fouquet. Bussy-Rabutin est parti lui aussi régler des affaires à Paris. Mais, par contre, elle n'entend parler que de la cour et de Fontainebleau : le roi s'y est installé et les rumeurs vont bon train. Finalement, le troisième jour, il est décidé que Mme Fouquet et ses dames iront rejoindre la cour pour la journée : Henriette d'Angleterre a officiellement invité la femme du surintendant par l'intermédiaire de Mme de La Fayette qui est une de ses dames d'honneur. Françoise est aussi priée d'y aller. Elle est très curieuse de voir la cour, mais elle espère surtout croiser son hôte pour en finir avec ce mystère et éclaircir définitivement le secret de sa venue : puisqu'elle n'est pas sa fille, pourquoi donc est-il attaché à elle ? Pourquoi a-t-il demandé à ce qu'elle vienne, n'hésitant pas à faire culpabiliser sa mère en lui rappelant l'histoire du diamant. Avant le départ, Bussy-Rabutin passe la voir pour vérifier sa tenue.

— Ah, mon cousin, vous m'avez manqué !

— Je ne vous crois pas... Vous êtes de plus en plus hautaine, je vous trouve même glaciale avec moi, mon enfant. Qu'avez-vous donc ? On m'a dit que vous étiez tout le temps silencieuse, que vous ne discutiez avec personne ou presque. Je vous trouve bien ingrate envers vos hôtes.

— Parlons-en : quand verrai-je Fouquet ?

— Que puis-je en savoir ? C'est à vous d'user de vos charmes pour l'approcher ! rétorque Bussy-Rabutin.

— « D'user de mes charmes »... Vous voulez que je le séduise ? demande Françoise, stupéfaite.

— Oui, vous pourriez faire un petit effort, en effet. Mais vous restez si timorée ! Décidément, votre mère vous a trop gâtée !

— Je vous remercie bien, s'exclame Françoise, très en colère. Vous m'avez amenée ici pour ça ? Pour que je séduise cet homme ?

— Oui, tout à fait, j'ai pensé que vous ne seriez pas aussi sotte que votre mère et que vous comprendriez quels avantages vous auriez à faire de cet homme si puissant votre amant. Mais, apparemment, je me suis trompée, vous êtes encore plus bête. Heureusement pour vous, vous êtes belle et peut-être quelqu'un vous remarquera-t-il à la cour ? Sinon, vous n'aurez plus qu'à aller vous enterrer comme votre mère dans son château de Bretagne… avec votre petit paysan ! Je n'en veux plus, il est bien trop maladroit.

Bussy-Rabutin la regarde avec mépris et, sans un mot, lui tourne le dos et s'en va. Françoise sent les larmes lui mouiller les yeux, elle a l'impression que son monde s'est déchiré : comme quelques mois plus tôt, elle se sent naïve, stupide, si puérile face à ce monde d'adultes. Cet homme qu'elle connaît depuis l'enfance n'est qu'un intriguant qui la considère comme un objet. Julie la trouve, en larmes, plantée au milieu de sa chambre.

—Ah, mademoiselle ! Mais que se passe-t-il ? Vous êtes là, toute seule, à pleurer alors que tout le monde se prépare aux festivités de la journée !

—Je… Tu ne t'étais pas trompée, Bussy-Rabutin voulait me mettre dans le lit de Fouquet.

—Ah, ça…, je vous l'avais bien dit !

—Je suis une idiote, je n'avais rien vu.

—Non, vous n'êtes pas idiote, au contraire. Vous êtes une bonne personne, vous n'avez rien dit à ma maîtresse alors que je vous ai volée, giflée, insultée. Vous m'avez consolée et vous vous êtes confiée à moi. Vous êtes une jeune fille très honorable et je pense que vous n'avez rien à voir avec ces gens.

—Mme Fouquet est une femme adorable !

— Peut-être bien, oui, d'apparence, mais elle n'en est pas moins une femme trompée par son mari et elle passe son temps à se moquer de celles qui volent les maris des autres pour se venger. Elle n'est pas heureuse et elle n'est pas aussi gentille que vous l'êtes.

— Je ne sais plus que faire.

— Profitez ! Vous avez de la chance d'être une fille noble et vous pouvez avoir tout ce que vous voulez si vous restez droite : trouvez-vous un bon mari, qui ne vous enfermera pas, et ne prenez jamais d'amant. Vous vivrez heureuse et bien plus libre que moi.

— Tu as raison. Merci, merci beaucoup, Julie !

— Allez, je vais vous remettre un peu de rouge, séchez vos yeux, il ne faudrait pas qu'on voie que vous avez pleuré !

Finalement, Françoise est prête à partir avec les autres. Toutes les dames s'entassent dans les voitures tandis que les messieurs partent à cheval. La route n'est pas longue, mais pénible, car il fait chaud. Françoise voyage avec Mme Fouquet, et celle-ci souffre à chaque cahot.

— Ah, que c'est pénible, je n'aurais pas dû accepter !

— Mais, madame, répond Mme Vanel, c'est une invitation royale !

— Ce n'est pas le roi qui nous invite, c'est la femme de son frère !

— C'est tout comme… Ne savez-vous pas qu'il la trouve bien à son goût ?

— Si fait, si fait… Je sais que Monsieur est fou de jalousie.

— Et pourtant il préfère la compagnie de son amant ! Pourquoi réagit-il ainsi ? s'étonne Mme du Plessis-Bellière.

— Le roi et son frère se sont toujours jalousés, répond Mme Vanel d'un air entendu, Louis XIV se rappelle que son père lui-même a ainsi été trahi par son propre frère pendant la guerre de la Fronde, alors que lui n'était qu'un enfant.

— Ah, ma chère Françoise, dit soudain Mme Fouquet, vous êtes si innocente, tout cela doit vous sembler bien étonnant.

Les trois femmes rient tandis que Françoise rougit.

— Vous êtes si charmante, vous pourriez bien plaire au roi, vous aussi ; il me faudra vous surveiller si je ne veux pas encourir les foudres de votre mère ! Elle vous a confiée pure, je doute qu'elle apprécie que je vous laisse aux mains d'un homme, même le roi !

— Oh ! Mais la petite Françoise a peut-être bien envie, elle, d'être vue auprès du roi ?

— Je… non…, balbutie la jeune fille, je… voudrais rentrer chez moi.

— Quoi ? s'étonne Mme Fouquet.

— Oui, je voudrais rentrer aux Rochers, je me sens malade depuis des jours, je ne sais pas ce que j'ai.

— La pauvre petite ! s'exclame Mme du Plessis-Bellière.

— J'en parlerai à mon mari : c'est lui qui a souhaité vous inviter, par égard pour votre mère, je ne suis pas sûr qu'il soit très content que vous souhaitiez déjà nous quitter, répond Mme Fouquet d'un air pincé.

— Ah, quelle ingrate ! Je vous l'avais dit, mon amie ! s'exclame Mme Vanel, toujours aussi abominable.

— Je ne suis pas ingrate, se rebelle soudain Françoise qui n'en peut plus de ces attaques. Je suis juste mal à l'aise et bien peu à ma place ici, j'ai envie de revoir ma mère et je ne vois pas bien ce que cela a d'étonnant, car vous savez combien elle m'aime et moi de même.

— J'ai fait ce que j'ai pu pour vous accueillir au mieux, s'exaspère Mme Fouquet.

— Je ne veux pas vous fâcher, vous avez été une hôtesse des plus gentilles et disponibles, je suis juste encore très jeune. Je suis bien désolée de vous faire de la peine, dit avec franchise la jeune fille, c'est le dernier de mes souhaits !

Mme Fouquet observe Françoise un court instant, puis, d'une voix adoucie, lui dit en lui prenant les mains :

— Je vous comprends, j'ai oublié ce que c'est de découvrir la vie de cour. Mais j'ai eu quatorze ans aussi, je m'en souviens. Nous organiserons votre départ dès ce soir, que mon mari en soit content ou non.

— Merci, merci de votre bonté ! s'exclame Françoise, pleine de reconnaissance, des larmes roulant sur les joues.

La journée qui suit se passe sous un soleil éclatant, il fait trop chaud et les dames se cachent à l'ombre. Françoise guette le roi, elle espère le voir apparaître, mais, ne voyant rien venir, elle part se promener avec Mme du Plessis-Bellière. En chemin, elles rencontrent un groupe de belles femmes, dont Mme de La Fayette. Françoise imite sa compagne, qui fait une grande révérence, et elle comprend que la jeune femme fraîche et souriante qui lui fait face n'est autre que Madame, la femme de Monsieur, frère du roi, Henriette d'Angleterre.

— Mais qui est cette charmante jeune fille ? demande Madame.

— C'est la fille de ma chère amie, Mme de Sévigné, répond Mme de La Fayette avec un grand sourire, elle séjourne chez Fouquet actuellement.

— Savez-vous danser, mademoiselle ?

— Oui, madame, répond Françoise avec une seconde révérence.

— Eh bien, j'espère que vous viendrez bientôt danser avec nous, car votre visage irait parfaitement pour l'hiver dans notre bal des saisons.

— Qu'est-ce, madame ?

— Une composition de Lully, dans laquelle le roi et moi-même dansons : j'en parlerai à mon beau-frère.

Françoise est si fière qu'elle en rougit de plaisir. Elle manque de s'évanouir quand apparaît soudain, aux côtés de la belle Henriette, un homme très beau, au regard brillant, qui prend la main de l'épouse de son frère pour l'emmener un peu à l'écart. Avant de s'éloigner complètement, il jette cependant un regard à Françoise qui, figée, ne songe même pas à faire une révérence au roi. Car c'est bien le roi qui se tient devant elle. Le visage impassible du monarque la subjugue : est-ce lui le maître de la France ? Sa bouche s'étire en un discret sourire auquel Françoise répond avec candeur.

— Le roi vous a souri ! C'est merveilleux, Françoise !

— Oui, et même inespéré, fait une voix que Françoise ne reconnaît que trop, vous êtes finalement pleine de ressources.

Bussy-Rabutin s'avance aux côtés de Fouquet, alors que le roi et Henriette sont partis de leur côté, suivis de tous leurs courtisans.

— Vous arrivez trop tard, cependant, intervient Fouquet, une autre jeune fille innocente attire ses regards.

— N'est-ce pas Madame qu'il courtise ? demande Bussy-Rabutin.

— J'ai entendu parler d'une certaine Louise de La Vallière… Le roi a vraiment du talent, aucune ne lui résiste ! dit Fouquet avec une sorte de vilaine malice dans la voix.

Françoise, interdite, écoute cet homme qu'elle pensait être son père tenir exactement les propos qui la révoltent chez Bussy-Rabutin. Comment a-t-elle pu se tromper à ce point ? Ce père rêvé n'est pas mieux que son vrai père, un séducteur, un homme qui trompe sa femme, aussi bonne soit-elle. Soudain, Françoise comprend tout ce que sa mère lui a enseigné, elle sait pourquoi celle-ci a voulu la surprotéger.

— Je suis bien aise de vous voir, mademoiselle. Voulez-vous que nous marchions un peu ?

Elle avait tant désiré ce moment, jusque-là. Et, maintenant, elle voudrait l'éviter. Mais on ne refuse pas une promenade à Fouquet. Elle marche à son côté, suivie de loin par son cousin.

— J'aimerais vous entretenir de votre présence parmi nous : vous êtes un rayon de soleil dans notre grisaille quotidienne.

Elle n'en croit pas ses oreilles… Il va essayer de la séduire ?

— Je vois votre mère en vous dans ses jeunes années.

Et maintenant qu'elle lui a dit non, qu'elle est trop vieille pour lui, il se rabat sur elle ?

— J'espère vous retenir tout l'été parmi nous.

Ah non ! pense-t-elle. Françoise veut rentrer chez elle, loin de ces séducteurs, de ces commérages, de ces courtisans plus hypocrites les uns que les autres. Sa mère est parfois étouffante, mais elle est vraie et elle l'aime. Françoise aura bien le temps de subir tout cela, elle veut échapper encore quelques années, quelques mois au moins, à cette ambiance étouffante. Et elle veut arracher Tiphaine à cet endroit, qui le rend si malheureux. Elle lui doit bien ça !

— Ah non ! s'exclame-t-elle alors. J'ai justement demandé à madame votre épouse de me laisser rentrer chez ma mère.

— Quoi, si tôt ?

— Oui, je me sens oppressée, malade sans doute.

— Quel dommage ! J'avais prévu de très belles fêtes !

— Non, vraiment, je vous en prie.

— Est-ce votre mère qui vous réclame ?

— Non, c'est moi et moi seule qui veux partir : m'y autorisez-vous ?

— Ne puis-je acheter votre présence ? Je peux vous offrir des bijoux, des pierres précieuses…

— Non, surtout pas. Je sais que les diamants sont des dettes éternelles… J'insiste : puis-je partir ?

— Eh bien, oui, si je ne peux rien y faire…, répond Fouquet avec regret, un regret bien peu innocent.

Bussy-Rabutin qui les épiait attend que Fouquet, vexé, s'en aille et vient pincer le bras de Françoise.

— Vous êtes une dinde.

— Oui, mais une dinde qui a de l'honneur, contrairement au dindon que vous êtes ! rétorque-t-elle, laissant le vieil homme interloqué.

Elle lui en a bouché un coin !

Barbe-Bleue, par Gustave Doré

ÉPILOGUE

Aux Rochers, septembre 1661, trois mois après.

— Mais pourquoi pleurez-vous, ma mère ?
— Ah, ma fille, je suis perdue !
— Que se passe-t-il ? Parlez-moi, enfin !
— Je… vous savez que mon ami Fouquet a été arrêté par le roi ?
— Oui, bien sûr, nous ne parlons que de cela !
— Eh bien, mon ami Pellisson m'écrit que des lettres de celui-ci auraient été retrouvées par les mousquetaires du roi, des lettres qui mettent en cause mon honneur !
— Ma mère, ne…
— Vous rendez-vous compte, ma chère fille ! Moi qui ai tout fait pour préserver ma réputation ! Me faire accuser ainsi, tout Paris doit rire de moi en ce moment…
— Ma mère, si…
— Je vous ai appris, n'est-ce pas, que la seule chose que nous ayons, c'est notre honneur,

nous les femmes ? Que lui seul nous permet de conserver un peu de liberté ?

— Écoutez-moi, mère. Je peux vous innocenter. J'ai les lettres que vous lui aviez écrites.

— Quoi ?

— Elles prouvent que vous avez refusé ses avances ! Vous rappelez-vous ?

— Oui, bien sûr. Mais comment ?

— Qu'importe la façon dont je me les suis procurées, je les ai. Faites-moi confiance.

— Tu as bien changé.

— J'ai grandi, mère. J'ai grandi.

Quinze mois plus tard, Françoise de Sévigné danse avec le roi, Henriette d'Angleterre[1], Mlle de La Vallière[2] et Mlle de Mortemart[3] dans le ballet des arts, une composition de Lully. Elle est une des plus jolies filles de France, et beaucoup souhaitent la séduire. Mais personne n'y parvient. Encore quelques mois après, elle rencontre le comte de Grignan, il a quatorze ans de plus qu'elle et il s'est déjà marié deux fois. Elle ne l'aime pas, il n'est

1. L'ancienne amante du roi.
2. L'amante du roi.
3. La future amante du roi.

pas beau ni très intelligent. Elle l'épouse tout de même, car on ne choisit pas à l'époque quand on est une femme. Mais ce que je me plais à imaginer est qu'elle ne l'a pas épousé sans passer d'abord avec lui un étrange marché : elle lui apportait une dot énorme, le suivait en Provence pour fonder une famille, à la condition qu'il la laisse libre de partir en voyage autant qu'il lui plairait, avec pour seul compagnon son valet, un certain Tiphaine... En son absence, c'est le comte de Grignan qui est chargé de répondre aux lettres de Mme de Sévigné. Et ce n'est pas une mince affaire, car la marquise écrit trois fois par semaine !

Bussy-Rabutin n'a jamais pardonné à Françoise et il en a dit bien du mal : « Cette femme-là a de l'esprit, mais un esprit aigre, d'une gloire insupportable, et fera bien des sottises. Elle se fera autant d'ennemis que la mère s'est fait d'amis et d'adorateurs. » Il a persuadé certains historiens qu'elle était froide et hautaine, mais vous savez maintenant que rien de tout cela n'est vrai, n'est-ce pas ? L'histoire se lit parfois entre les lignes !

Remerciements

À mon Trouf, ma Manou et ma Romane,
Pour mon papi, qui me manque beaucoup.
Une tendresse toute particulière à mes parents, à ma grand-mère qui m'a mis 21/20 pour ce roman, et à mon frère qui suit toutes mes publications avec attention.
À Tiphaine, qui a donné son prénom au héros et à son Fabien, qui est mon designer capillaire préféré !
Un immense merci à Barbara, qui m'a soutenue et aidée avec chaleur, à Marie que je n'oublie pas, à Guillaume, Leslie, Fanny, Raoul, Aurélia, César, Nathalie, Alain et Stéphane.
Toutes mes pensées pour mes amies de plume toujours présentes, Lise Syven, Nadia Coste, Cindy van Wilder, Agnès Marot, Maëlig Duval, Aurore Perrault et Pandora, ainsi qu'à Paul Beorn, bien sûr ; pour toujours et à jamais.
Merci à Sandra pour le plaisir de sa présence au quotidien et pour son soutien indéfectible ainsi qu'à toute ma famille du collège Jacques Prévert, Sandrine en tête, suivie de près par Fanny l'aubergine, Piedo, Pippo, Gauthier, Régis, Soazig, Christine, Martine, Marie-Hélène, Delphine, Anne-Gaud, Rosemary, Emmanuelle, Patricia, Hélène, Nicole et tous les autres. Merci à mes élèves

des sixièmes bleue et jaune, de troisième bleue et de cinquième rouge. Merci aussi à tous les lecteurs que j'ai rencontrés cette année pour *14-14* !
Merci au meilleur des docteurs, Raphaël Bulteel !
Merci aussi à Luc et Steph, Isabelle et Phil, Olga et Keith, Maud et Charly, toujours présents.
Une pensée dédaigneuse pour les abrutis qui dénigrent la littérature jeunesse et ses auteurs.
Merci enfin à Mme de Sévigné, qui m'en a fait baver pendant mon année d'agrégation, mais qui m'a aussi permis de vous offrir aujourd'hui cette histoire.

Crédits iconographiques

Chapitre 1
Marie de Rabutin-Chantal, marquise de Sévigné (1626-1669)
Collections Simiane, Vence, Luçay
P .1978
Lefebvre Claude (1632-1675)
Localisation : Paris, musée Carnavalet
Photo © RMN - Grand Palais / Agence Bulloz

Chapitre 2
Portrait of the Countess of Grignan
Mignard, Pierre (1612-95)
Crédit : Galleria degli Uffizi, Florence, ItalyAlinari / Bridgeman Images

Chapitre 8
The Letter, c.1660-62
Crédit : Royal Collection Trust © Her Majesty Queen Elizabeth II, 2016 / Bridgeman Images

Chapitre 11
Vue du château de Vaux Le Vicomte, du côté des jardins
Recueil édité sous le règne de Louis XIV (1643-1715)
Recueil de gravures Grosseuvre 137
Perelle, Famille des Le Vau Louis (1612-1670)

Localisation : Versailles, châteaux de Versailles et de Trianon
Photo © RMN-Grand Palais (Château de Versailles) / Gérard Blot

Chapitre 13
Portrait of Nicolas Fouquet
Nanteuil, Robert (1623-78) (after)
Crédit : Musée de la Ville de Paris, Musée Carnavalet, Paris, France / Bridgeman Images

Chapitre 15
Lady at her Toilet, c.1650-60
Crédit : Minneapolis Institute of Arts, MN, USAThe Putnam Dana McMillan Fund / Bridgeman Images

Chapitre 17
Le Petit Chaperon rouge
Doré, Gustave (1832-83) (after)
Crédit : Bibliothèque des Arts Décoratifs, Paris, France Archives Charmet / Bridgeman Images

Chapitre 19
Illustration for *'Bluebeard'*
Doré, Gustave (1832-83) (after)
Crédit : Private Collection / Bridgeman Images